초보악마들을 위한 유혹의 기술

악마의
비밀교본

우베 비른슈타인 지음　윤진희 옮김

어서 오라.
너는 아무것도 버리지 않아도 되고,
아무것도 팔지 않아도 되며,
어떤 죄악도 포기하지 않아도 된다.
내가 너희에게 인생의 진짜 쾌락을 보여주리라.

...und führe sie in versuchung!
Das geheime Handbuch des Teufels

초보악마들을 위한 유혹의 기술

악마의
비밀교본

악마의 비밀교본

- -

초판 1쇄 펴낸날_2012년 12월 26일
지은이_우베 비른슈타인
옮긴이_윤진희

펴낸이_이종근
펴낸곳_도서출판 하늘아래
등록번호_제300-2006-23호
주소_서울특별시 도봉구 쌍문2동 598번지 2층
전화_02 374 3531
팩스_02 374 3532
E-mail : haneulbook@naver.com

ISBN 978-89-89897-59-0 03850

어둠의 왕국에 오신 것을 환영합니다

어둠의 왕국에 오신 것을 환영합니다!

친애하는 악마 견습생들에게

나는 지금 지독히도 기분이 좋다! 당신이 이 지침서를 돈을 주고 산 것도 모자라 실제로 펼쳐들고 읽기까지 하다니! 당신은 워낙 심오한 인생경험을 한 데다, 아무리 몇몇 희망의 사도들이 지칠 줄 모르고 밝은 색으로 덧칠을 해댄다 해도 인류의 미래란 사실 암흑 그 자체라는 것을 진지하게 깨달았다. 그래서 당신은 시류에 맞서는 인간이다. 더욱이 끈질기고 집요한 허언장담에 더는 눈과 마음을 빼앗기고 싶어하지 않는다는 그 점만 보더라도 당신은 참으로 특별한 인간이다. 솔직히 톡 까놓고 말해보자. 이 세상은 결코 '더 나아지지도', '더 아름다워지지도', '더 공평해지지도', '더 사랑이 넘치지도' 않는다. 미사여구 없이 단도직입적으로 말해보자. 세상은 그야말로 멸망을 향해 가는 중이다. 인류가 세상을 막장으로 몰아가는 것이다. 당신도 눈이 있다면 매일같이 신문에서 그런 사실을 확인할 수 있을 것이다. 귀 있는 인간이라면 지나칠 수 없는 신호를 곳곳에서 듣게 될 것이다. 우리가 승리할 날이 머지않았다는 징조가 만연하다. 우리, 그러니까 세상을 지배하는 어둠의 권력들에게는 승리하는 일만 남아있다. 경주에 비유하자면 이제 마지막 직선코스를 선두로 들어선 셈이고, 결승 카운트다운이 울리기 시작한 것이나 다름없다. 세상의 멸망은 곧 우리의 천국이며, 그곳에서 우리는 우리의 힘을 마음껏 과시할 테니 말이다. 당신도 우리 일에 동참하겠다고 벌써 선언한 것으로 알고 있다. 어떻게 하면 우리의 일에 큰 도움을 줄 수 있는지, 기꺼이 알려주겠다. 아울러 인간을 타락시키는 최고급 기술도 세세하게 가르쳐 줄 것이다.

우리의 원대한 계획을 놓고 보면 이 지침서가 출간된 것만 해도 아주 중대한 진전이라고 할 수 있다. 평소에는 '현혹자들'의 힘에 굴종하던 쾨젤이라는 출판사를 꼬여 이 책을 내게 한 것은 상당히 고무적인 일이다. 우리의 표어가 통하고 어디서든 불패의 신화를 쌓고 있다는 명징한 증거다. 이런 점만 보아도 우리 어둠의 군대에 합류할 용기가 당신 마음속에서 마구 샘솟을 것이다. 우리는 명명백백 승리할 것이며, 세상 어느 곳에서든 인간들의 마음을 어지럽히고 눈을 흐리게 하여, 당당하면서도 의욕 넘치는 어둠의 사도들로 거듭나게 할 것이다. 종국에 가서는 그런 노력의 대가 또한 너그러이 주어질 것이다. 결코 꺼지지 않는 쾌락과 악마적인 흥분이 기다리는 지하세계에서의 영원한 삶이 바로 대가이다. 나는 여기서 확실히 밝혀두겠다. 현혹자가 자기네 신도 나부랭이들에게 약속하는 천국이란, 우리 쪽에서 제공하는 대파멸의 종착지에 비하면 저 하늘 위 어딘가에 있는 끔찍이도 지루하기 짝이 없는 황량하고 삭막한 장소일 뿐이다. 당신 역시 우리와 함께 먹고 마시고 축하하며 감히 한번도 꿈꿔보지 못한 짜릿한 육체적 쾌락을 맛볼 것이다. 그때 '암흑군주'의 얼굴을 마주할 영광을 누릴 것이며, 그에 대한 한없는 고마움에 가슴이 벅차 절로 머리를 조아리게 되리라. 자, 우리 모두 당신이 함께 하기를 학수고대하고 있다!

단, 그렇게 되기 위해서는 먼저 당신의 노력이 필요하다. 아직까지도 현혹자의 힘을 믿고 있는 인간들을 우리 쪽으로 끌어오라! 가망 없는 희망에 부푼 이들을, '선행'을 베풀어야 한다는 강박을 가진 자들을 해방시켜주자! 그들 마음에 자유를 선사해 우리에게 달려올 수 있도록 하자. 그들이 우리의 진실을 듣기만 하는 것이 아니라 그 진실에 귀의하도록 그들의 영혼을 활짝 열어주자! 자기들이 선인인 척하면서, 십계명을 따르는 삶이 정말로 가능하다며 감언이설을 속삭이는 사기꾼들을 인간들에게서 떼놓아라!

우리의 권능을 알아차리게 하고 악행이 갖는 긍정적인 에너지와 고매함을 과시하라! 당신이 할 수 있는 한 언제 어디서든 그들을 시험에 들게 하라!

당신의 한숨소리가 들리는 것 같구나. '나처럼 보잘것없는 인간이 과연 그런 원대한 임무를 수행할 수 있을까?' 그에 대한 나의 답은 한 가지다. 물론이다! 여기까지 이 글을 읽었다는 사실 자체가 바로 당신이 내 제자가 되기 위해 반드시 필요한 호기심과 인내를 충분히 갖췄다는 증거이기 때문이다.

"가서 네가 가진 모든 것을 팔아라. 그리고 나를 따르라."

이 말은 자칭 현혹자들 세력의 조커인 것처럼 행세하는 예수가 자기 추종자들에게 한 말이라지. 어디 나도 한마디 해보지.

"어서 오라. 너는 아무것도 버리지 않아도 되고, 아무것도 팔지 않아도 되며, 어떤 죄악도 포기하지 않아도 된다. 오히려 '신'이 좋아하지 않는 네 모습 그대로여도 전혀 상관없다. 내 너에게 인생의 진짜 쾌락을 보여주리라."

　　당신이 해야 할 일들은 모두 이 지침서에 있는 열 가지 강좌를 통해 자세히 배울 것이다. 이 책을 집필한 이는 지옥의 유능한 교육전문가다. 그는 훌륭한 스승이 되어주는 것은 물론이고 인간들을 우리 쪽으로 끌어 모을 수 있는 수많은 비결과 요령도 귀띔해줄 것이다. 여기 나온 열 가지 과정을 전부 이수하고 임상실험까지 마치고 나면, 온 세상을 지배하는 놀라운 힘을 체험할 기회를 얻게 될 것이다.

내 제자가 되어 열심히 공부하라. 무한한 신뢰로 나에게 몸과 마음을 의탁하라. 내 직속 악마 견습생이 되어 한 강좌, 한 강좌씩 차근차근 어둠의 세계로 다가가도록 하자.

'Antipax vobiscum'

'암흑 속에 힘이 있노니!'

(Antipax vobiscum: 대혼란이 그대들과 함께 있기를 : 미사집전 전에 선언하는 '평화가 그대들에게 함께 하기를(팍스 보비스쿰 pax vobiscum)'에 'Anti'를 붙여 반대적 표현으로 만든 것)

궁금한 점이 있으면 언제든지 암흑군주에게 문의하길.

목 차

제1강 자아발견에 대해서

인간들에게 자아를 발견하면 모든 문제가 해결될 것이라는 환상을 심어주어라

주제 소개

첫 번째 과정으로 내가 여기에 내놓은 훈련 주제가 결코 쉬운 내용이 아니란 것은 나도 잘 알고 있다. 이 과제는 당신의 집중력과 학습 의지를 백 퍼센트 가동해야 달성할 수 있는 어려운 과제다. 그러나 이것만은 알아두자. 땀 흘려 노력해서 이 과제를 통과하기만 하면, 인간을 조종하겠다는 의지에 활활 불이 붙을 것이다. 깨달음을 얻고 싶어 하는 인간의 욕망을 교묘하게 이용해서, 정작 그들이 바라던 것과는 정반대의 결과를 얻게 만드는 방법을 여기서 확실히 배울 테니 말이다. 그래서 의도적으로 이 과제를 첫 번째 강의로 선정했다. 인간들에게 지금 그들이 자아에 가장 가까이 있는 상태라고 믿게 만들어 스스로 만족하게 하라. 그러나 사실 당신은 그들이 그 어느 때보다 자아로부터 멀리 떨어진 상태라는 것을 잘 알고 있다. 이것보다 더 흡족하고 근사한 일이 또 있을까?

'너 자신을 알라.' 고대 그리스 델피의 아폴로 신전 대문에조차 이 충고가 적혀있었다. 우리끼리니까 하는 이야기지만, 신전에 와서 조언을 구하는 인간들에게 메시지를 전하던 신녀는 사실 암흑군주께서 내려 보낸 자였다. 그때를 떠올리면 나는 지금도 가슴이 뿌듯해진다. 그 시절, 인간들은 정말로 아폴로 신이 자기들 얘기를 듣고 직접 대답해주는 것이라고 믿었고, 신탁을 잘 헤아리면 자기가 누구인지 알게 되리라고 믿었기 때문이다.

서양에서는 현혹자가 자기 아들을 세상에 보낸 다음부터 우리 어둠의 세력이 맥을 못 추게 되었고 그래서 길고 혹독한 가뭄의 시간을 견뎌야만 했다.

신기하게도 이때 인간들은 몇 백 년 동안이나 현혹자의 아들을 보려고 했지, 자기 자신을 바라볼 생각은 하지 않았다. 그래서 우리는 이른바 '계몽주의'라는 축복이 일종의 시류가 되게끔 열심히 작업했고, 그 결과 '개인'이라는 멋들어진 용어도 생기면서 성대한 개업신고를 하기에 이르렀다.

갑자기 인간들은 자기 혼자서도 모든 걸 다 알 수 있고, 그래서 허풍쟁이 뮌히하우젠 남작처럼 비참한 삶이라는 늪에서 스스로 자기 머리채를 끌어올려 빠져나올 수 있다고 믿게 되었다. 동시에 인간들은 현혹자의 힘은 물론이고, 나중에는 현혹자의 존재조차 의심하기 시작했다. 이 움직임들은 당연히 더욱 부추기고 아낌없는 지원을 베풀 가치가 있는 것들이다!

마침내 '현대', 그것도 가장 진보했다고 간주되는 20세기에 들어와서는 우리의 끈질긴 노력 끝에 아예 자아발견 자체를 하나의 미덕으로 승화시키는 데 성공했다. 이 수만 가지 변화와 발전이 우리의 공으로 이루어졌다.

그중 특히 중요한 두 가지를 꼽는다면 다음과 같다.

→ 학자들은 영혼이 인간의 삶 전체에 미치는 영향력을 발견하

고 탐구하기 시작했다. 이른바 심리치료라는 것을 통해 인간들은 꾸준히 영혼의 끝 모를 바닥을 찾아 쫓아다녔다. 우리 역시 끝내는 많은 이들에게 심리학이 종교의 대체물이 되도록 물심양면으로 작업을 벌였다. 심리학은 현혹자들을 심판대에 올리고 그에 속한 세속의 온갖 제도와 기관들을 비판했다.

→ 세상 구석구석에서 온갖 종교가 서양으로 몰려들었다. 인간들은 먼 동방이나 아메리카의 원주민들이 어떤 방식으로 현혹자를 믿고 섬겨왔는지 알게 되었다. 그래서 우리 역시 때를 놓치지 않고 종교 박람회를 방불케 할 만큼 가지각색 의 종교가 선을 보이는 문화를 만들었다. 인간들은 그저 여기저기 기웃거리며 슈퍼마켓에서 물건 사듯 자기 좋을 대로 종교를 고르면 되는 것이다. 인간들은 대담무쌍하게도 부처가 한 말을 인디언 추장의 잠언이나 공자의 말 등과 가볍게 뒤섞었다. 향불을 피우고 자기 내면세계를 향해 명상에 잠기기도 한다. 교회 예배석에 무릎 꿇고 앉는 대신 연꽃 가부좌를 틀고 앉길 즐긴다. 요가니 기공이니 하는 수천 년 된 동방의 명상법을 단 한 주 만에 초속성 코스로 터득하면 깨달음의 순간이 오리라 믿어 의심치 않는다. 자아를 만나겠다는 일념이 공동체정신이 있던 자리를 꿰차버렸다. 우리로서야 참으로 반가운 일이지만, 사실 속으로 꽤 놀라기도 한 일 중 하나가, 바로 인간들이 스스로 뚝딱뚝딱 만들어낸 이 '신앙 리믹스 짬뽕 합집합'을 현혹자의 가르침보다 훨씬 흥미진진하게 여긴다는 사실이다.

위에서 예로 든 심리학과 짬뽕종교는 인간들을 가짜 자아발견으로 유혹할 수 있는 수많은 방법 중 극히 일부일 뿐이다. 그보다 훨씬 효과적으로 이 임무를 수행할 방법을 당신도 무궁무진하게 생각해낼 수 있을 것이다. 우리가 지향하는 것은 단순명쾌하다. 인간들을 자아발견을 하도록 부추기기만 하면, 자기 한 몸에만 열중한 나머지 주변 인간들을 돌아보기는커녕 현혹자를 신경 쓸 겨를조차 충분히 배제시킬 수 있는 것이다. 그러니 친애하는 악마 견습생들이여, 어떤 인간이든 자아발견의 샛길로 잘 꾀어내기만 하면 꽤 오랜 시간 동안 그 인간을 암흑군주의 세력 쪽에 붙잡아둘 수 있을 가능성이 크다. 그런 인간들은 세속에 완전히 파묻혀 산다. 더 정확하게 말하자면 심지어, 자아발견이 세상을 변화시키고 현혹자에게 헌신하는 일이라고 생각한다.

유혹의 기술

친애하는 악마견습생들이여, 그대들은 다행히도 암흑군주의 은총으로 자아실현이 아니라 현혹자의 손으로부터 이 세상을 구하는 쪽으로 마음을 정했다. 당신도 알 것이다. 진리는 당신 마음속이 아닌 우리 어둠의 공동체 안에 있다는 것을. 인간들이 무턱대고 무서워하는 타락이라는 것도 우리에게는 안락한 보금자리다. 공포와 대적하면서 우리는 그 공포를 극복하는 능력을 얻었다. 우리에겐 심지어 공포가 삶의 활력소가 된다.

이제 막 배움을 시작한 당신이 보기에는 이런 게 참 건방져 보이고 으스대는 것처럼 보일 수도 있을 것이다. 하지만 몇 주만 지나보라. 당신 역시 고개를 끄덕이며 진심으로 이렇게 천명할 것이다. '언제나 이 타락의 낭떠러지 끝에서 망설이기만 하는 자는 결코 최고의 순간을 맛보지 못할 것이다!' 현혹자를 믿고 섬기는 저 끔찍한 신자들에게 우리가 열성적으로 외치는 말이 있다. '용기를 내! 그리고 뛰어내려! 지옥에서의 삶이 천국에서의 삶보다 훨씬 강렬하고 짜릿한 걸 왜 모르는가!' 맞다. 현혹자를 따르는 이들은 이런 노래도 부른다. '천국은 모두에게 열려 있다!' 하지만 우리는 그 노래를 이렇게 부른다. '지옥은 모든 이의 아래에 있나니!' 말하자면 모든 인간 속에는 나락이

들어있다는 뜻이다. 오직 우리를 믿고 자기 안을 들여다보는 자만 그 것을 발견할 수 있다. 당신 역시 어떤 인간을 보든, 그 자가 천국을 등 지고 지옥이라는 현실을 대면할 가능성이 있다고 전제해야 한다. 하 지만 어떻게 실제로 그렇게 인간을 조종할 수 있냐고? 여기 암흑군주 를 받들며 오랜 세월 동안 쌓아온 노하우를 당신에게 전수하겠다.

자꾸 불만을 느끼게 하라!

인생이란 고달플 수밖에 없다. 당신이 불행과 아픔을 한번도 겪 지 않은 인간이라면, 다른 인간에게 접근해서 어둠의 무리로 끌어오 는 일 자체가 매우 힘들 것이다. 하지만 어떤 인간들과는 일이 쉽게 풀리기도 한다. 그들은 타고난 천성처럼 불평불만이 몸과 마음에 배 인 인간들이다. 이 불만족이 우리 쪽에 유리하게 작용하도록 하려면 슬쩍 옆구리를 찔러주기만 하면 된다. 반대로 접근과 유혹이 어려운 인간들은 밝고 행복하게 인생을 살아가는 자들이다. 대부분 그렇듯 배우자와의 사이에서만 조금 티격태격할 뿐, 직장에서도 꽤 순조롭고 돈도 넉넉하다. 이런 경우에는 이 허울뿐인 평범함의 행복을 어떤 방 식으로 깨고 들어가야 할지 잘 고민해야 한다. 이런 경우에는 근심걱 정 없는 일상의 수레바퀴에 모래를 뿌려 마찰이 일어나고 삐걱거리게 만들어야 된다. 지극히 개인적이고 대수롭지 않은 문제나 아니면 업 무상 벌어지는 사소한 골칫거리, 기분이 가라앉는 순간들, 성적인 욕 구불만들, 다치거나 아플 때, 잠깐씩 찾아오는 자금 부족, 그 어떤 것 이든 좋다. 세상 누구에게나 통제가 잘 안 되는 순간은 있다. 다만 본인이 그것을 잘 모를 뿐이다!

책임을 전가하게 만들어라!

당신이 점찍은 인간이 다른 인간 때문에 자신에게 문제가 생겼다고 생각하는 것을 무슨 수를 써서라도 막아야 한다. 다른 인간들은 모두 다 제대로 잘 하고 있다! 이것을 잘 알고 있는 인간만이 문제의 원인은 오직 자신뿐이라고 생각하게 된다. 이제 그가 할 수 있는 일은 그저 죄책감을 통감하고 고민하는 것뿐이다. '지금 내 상황이 이렇게 엉망진창이 된 건 모두 다 내 잘못이야.' '내 모든 문제의 근원은 모두 나 자신에게 있어.' 대개는 이런 말들로 자기반성이 시작되는 것이 보통이다. 따라서 이런 생각을 하는 인간들은 자신의 갈등상황을 다른 인간과 함께 해결하려고 시도할 리가 없다.

자기계발서를 추천하라!

우리의 임무는 단순하다. 인간들이 자아를 찾아 헤매게 만드는 것이다. 자아를 발견하려고 애쓰도록 유도하고 저 깊은 아래로 심리 여행을 떠나게 만들고 거기서 길을 잃게 해야 한다. 그러다 보면 어두운 생각에 쉽게 전염되고, 현혹자에게서 멀어져 결국 우리에게 더 가까이 오게 된다. 그럴 때 당신은 몇 가지 간단한 질문들로 추임새만 넣어주면 된다. 예컨대, '너 자신이 누군지 알긴 해? 너는 대체 어떤 인간이지?' 같은 질문을 던지면, 그 물음에 대한 답을 찾겠다고 제일 먼저 달려드는 것이 자기계발서다. 〈진리는 그대 안에〉, 〈나를 찾아

떠나는 여행〉, 〈내면으로의 길로 떠나라!〉 등과 같은 제목이 붙은 책들 말이다. 당신의 공략대상이 책을 사러 갈 때 함께 가게 된다면 제일 먼저 대형서점 안에 있는 심리학 코너로 데려가라. 그곳에 놓인 책들을 둘러보다 보면, 감각적인 제목이나 탁월한 문장구사력으로 지금 막 눈 뜬 자아발견의 욕구를 왕성하게 자극하여 끝내는 독자를 어둠의 진영으로 끌어들이는 우리 동료들의 솜씨에 감탄하게 될 것이다.

덧붙여 풍성한 결실을 얻기 좋은 방법이 또 하나 있다. 아무 여성잡지나 골라잡고 '지금까지 몰랐던 나를 발견한다' 는 식으로 과대선전을 해대는 심리테스트 란을 펼쳐보라. 열두 가지 혹은 50가지나 심지어 77가지 항목이 줄줄이 나열되며 a, b, c 중 하나를 골라 답지를 완성하고 나면, '당신의 진짜 모습은 이것' 이라며 피상적인 자기계발법을 설파한다. 인간들은 이런 테스트를 하면서 재미도 느낄 뿐만 아니라 어두운 자아탐색에도 빠지게 된다. 당신뿐 아니라 누구를 시켜도 마찬가지다. 일단 자아탐색을 위한 여행의 첫 번째 단계까지 그 인간을 끌어들이기만 하면, 그는 십중팔구 열에 들떠 커다래진 눈으로 이렇게 말할 것이다. '남한테는 관심 없어. 지금은 나만 신경 쓰기에도 시간이 모자라. 내가 누군지 꼭 알아야 하니까.'

그 다음에는 가만히 두어도 일이 저절로 잘 풀리게 되어 있다. 잠깐씩 슬쩍 개입해서 잘못된 것만 조금 고쳐주면 당신이 할 일은 끝난다. 당신의 작업 대상은 고귀한 목표에 고양되어 모든 시선을 자기 자신에게만 고정하고 있다. 자기 한 몸에만 신경 쓸수록 점점 더 주변 인간들에 대한 관심은 철저하게 등한시할 것이 분명하다. 별 문제 없이 남들과 어울려 보냈을 시간도 이제부터는 외로이 자기계발서를 탐독하며 흘려보낼 것이다. 그의 여정이 시작되었고, 이제 낯선 상대와의 소개팅을 준비하듯 마음까지 설렐 것이다. 마침내 여행이 끝날 무렵, 그는 자신을 알게 되는 것이 아니라 어둠의 마력에 흠뻑 젖어들게 될 것이다.

별들에게 물어봐!

어둠에 중독되기 위해서는 가끔 하늘을 올려다보는 것도 도움이 된다. 그렇다고 현혹자를 보라는 게 아니라, 별자리니 점성술이니 하는, 인간 성격에 영향을 미친다고 알려진 것들을 보라는 이야기다. 인간들, 특히 여자들이 쉽게 빠져드는 이 점성술을 십분 활용하지 않는다면 얼마나 안타깝겠는가? 인간들은 자기가 태어난 날의 별들의 위치가 자신의 성품과 운명에 결정적인 정보를 제공한다고 믿는다. 그래서 능수능란한 점성가를 찾아가 자기가 어떤 인간인지 알려달라고 애걸한다. 사실 당신의 공략대상이 얼마나 대책 없는 인간인지, 그것도 이다지 우스꽝스러운 방식으로 증명하는 기회이긴 하지만, 그러려면 시간이 좀 많이 걸린다는 걸 감안해야 한다. 물병자리와 천칭자리 같은 걸 들여다보고 점성이론에다 난해하기 짝이 없는 상승궁(ascendant) 따위를 공부해야 한다. 참고로, 인간들이 잘 걸려드는 괴상한 이론들에 대해서는 앞으로도 한참 공부할 것이 많을 것이다.

남자들을 조심하라!

사실 인류라는 종족 중에서 남자들은 여자들에 비해 이런 종류의 유혹에 좀처럼 걸려들지 않는다. 안타깝게 지금까지도 진화를 주무를 권리는 현혹자의 손에 쥐어져 있었고, 그런 진화는 대중심리학적 전략이랄지 우리가 야심차게 계획한 자기계발의 유혹 따위에 대항하는 방향으로 발전해왔다. 때로는, 남자들은 어떤 은밀한 방식으로 이런 종류의 유혹에 대처하는 면역력을 갖춘 듯한 느낌도 든다. 어쨌든 조심하라. 그런 남자들을 만나면 좌절하기 쉽다. 하지만 포기는 곧 죄악이다! 다음에 열거되는 요령을 잘 따르기만 하면 남자들에게도 당신의 공략이 잘 먹혀들 것이다.

→ 시각 효과가 큰 자극을 줘서 관심을 돌려라! 어떤 남자를 타락시키는 작전이 좀처럼 진척되지 않을 때는 남의 말 잘 들어주고 예쁘장한 여자를 붙여서 그 남자에게 말을 걸게 하라. 특히 이 여자는 보는 이를 녹아내리게 하는 눈썹 액션을 곁들여가며, 자신이 자아를 찾는 데 주력하는 남자를 얼마나 매력적으로 생각하는지 열성적으로 설명해야 한다.

→ 남자들은 좀체로 입을 열지 않는다는 얘기는 워낙 많이 들어서 잘 알고 있을 것이다. 대체로 남자들은 이런 소통방식을 자신의 부족함 때문이라고 여기기보다는 장점이라고 생각한다. 따라서 그런 남자들에게는, 그들이 침묵하는 것이 소통상의 결함이라기보다는 자아에 대한 부단한 탐색과 깊은 통찰의 표현이라고 스스로 믿게끔 새로운 시각을 제공하라. 그러면 그들이 여자들을 향해 갖는 자신감도 훨

씬 강해질 것이다. 그런 남자들은, 입에 자물통을 달고 사냐고 욕하는 여자들에게, 꿈쩍도 않고 이것이 곧 자신을 위해 진지하게 노력하는 강력한 표시임을 자처하며 반격을 할 수도 있을 것이다.

　　→ 그럼에도 남자들이 영 거치적거리고 해결이 안 될 때는, 시간관리라는 결정타를 날릴 수 있다. 우리 어둠의 전우들 중 일부는 이것으로 벌써 우러러볼 만한 성과를 내기도 했다. 간단하게 설명하자면 이렇다. 남자들은 자주 수많은 압박감에 시달린다(고 느끼거나 실제로도 그렇다). 직장일과 취미를 영위하려면 시간이 필요하다. 남성 특유의 자기주장을 하려 해도 엄청난 에너지가 필요하다. 이런 판국에 자아발견이라니! 꿈도 못 꿀 일이다. 바로 이 지점에서 당신이 개입해야 한다. 바로 그러한 이유 때문에 시간관리가 필요한 거라고 멘트를 날리는 거다. 그 남자는 즉각 매일 지켜야 할 시간표를 작성하고, 그 안에는 절대 미뤄서는 안 될 '자아 찾기를 위한 시간의 섬'을 끼워 넣는다. 그리곤 '나를 위한 시간'이라고 멋들어지게 써넣는다. 당신은 진실을 알고 있다. 그 시간은 사실 우리를 위한 시간이라는 것을!

항변코너

맞다. 이런 일도 가능하다. 자아발견을 위한 시도가 정말로 자기 통찰에 이르게 하고 결국 현혹자가 가리키는 의미의 성숙으로 발전할 수도 있다. 최악의 시나리오를 가정해서 내가 말하려고 하는 바를 당신에게 설명해보겠다. 한 여자가 막대한 돈을 들여 자아 찾기 세미나를 전전한다. 자신이 누구인지 속속들이 캐내겠다고 작심하고 여가의 대부분을 거기에 쏟아 붓는다. 사생활도 확 줄어들고, 친구들도 짜증이 나서 여자를 떠났다. 하지만 여자의 열정은 지칠 줄 모르고 오직 자기를 더 많이 알아보겠다는 목표에만 집중한다. 우리 역시 반가워 어쩔 줄 몰랐다. 이 인간만큼은 우리 것이라고 확신했고 다시는 현혹자의 선전선동에 걸려들지 않을 것이라고 믿었다.

그런데 그 일이 일어났다. 청천벽력 같은 불안한 반전이 펼쳐진 것이다. 여자는 갑자기 이 모든 게 지겨워졌다. 원흉은 현혹자가 한 세미나에 슬며시 딸려 보낸 다른 여성 참가자였다. 그 여성참가자는 우리 것이 될 뻔한 그녀에게 교묘히 영향력을 행사하기 시작했다. 여자들만 할 수 있는 대화, 같이 쇼핑하기, 커피 마시기, 영화 보기 따위로 우리의 목표대상이었던 그 여자를 다시 빛으로 이끌고 정반대의 새로운 열정에 불을 지폈다. 그 이후로 여자는 자기 자신에게만 신경 쓰지 않고 인생의 진짜 의미를 알기 위해 애썼다. 싸구려 삼류 자기계발서 대신 진지하게 읽히는 영적인 작가들의 작품을 집어 들었다. 어느덧 환희가 철철 흘러넘치는 그녀가, 우리가 그토록 어렵사리 작업했던 고립생활을 부수고 나와 점점 더 많은 '친구들'을 만나고 다니게 되자, 분하지만 우리는 패배를 인정해야 했다. 우리 편 인간 하나를 잃었다. 이로써 현혹자가 1점을 얻은 것이다. 이 일화의 교훈은 이렇다. 아무리 삼류 자기계발서라도 당신이 점찍은 목표대상이 그런 책에 얼씬도 하지 못하게 하는 것이 가장 좋다는 것이다!

두 번째로 조심해야 할 것이 있다. 자기인식을 향한 욕구는 자칫 다른 길로 빠질 수 있다. 현혹자의 조력자들은 교활하고 간파하기가 무척 힘든 '신에 대한 인식'의 체계를 개발했다. 그것도 꽤나 성공리에 실행되고 있음을 우리 역시 억울하지만 인정해야 될 것 같다.

여기에도 그들은 언제나 그랬던 것처럼 '성스러운 책', 성경을 이용한다.

물론 기쁘게도 대부분의 서점에서는 성경이 먼지 풀풀 날리는 한쪽 귀퉁이에나 꽂혀있고 아무리 좋게 봐줘도 심리학 책들처럼 접근성 높게 진열되는 일은 거의 없다.

그런데도 이 책은 역사상 그 어느 책보다도 세상 곳곳에 퍼져있다. 그러니 무슨 수를 써서라도 당신의 목표대상이 성경과 접촉하는 것은 막아야 한다!

수시로, 성경은 세상에서 가장 지루한 옛날 얘기를 써놓은 책이고 기껏해야 책꽂이 장식용으로나 쓰이는 게 다라고 열심히 떠들어대는 거다.

그런데도 당신은 점찍은 대상이 이성을 상실하고 성경을 집어 드는 장면을 목격해야 할지도 모른다(특히나 침대 옆 서랍에 항상 성경을 비치해놓는 전 세계 호텔들은 그런 면에서 아주 위험하다!). 그러나 어떤 일이 있어도 시편만은 그냥 지나치도록 각별히 신경 써야 한다. 우연이든, 혹은 천국 쪽 힘에 떠밀려서든 시편 139장을 보게 된다면, 당신의 목표대상은 그날로 현혹자의 손에 넘어가버릴 공산이 크다. 거기엔 '하나님이여 나를 살피사 내 마음을 아시며 나를 시험하사 내 뜻을 아옵소서'라는 말이 버젓이 씌어 있다. 비록 우리는 이것이 아무런 뜻도 없는 말이라고 강조하긴 하지만, 이 기도문은 당신이 치러야 할 첫 번째 교과과정은 물론 우리 계획 전체를 뒤흔들 명백한 선전포고가 되고도 남는다. 하필이면 자기를 알고자 하는 인간들이 이 감탄문을 읽게 된다면 극도의 해방감을 느끼며 우리가 그들을 인도했던 경로에서 훌쩍 이탈해버리기 일쑤이기 때문이다. 이 부분을 읽는 순간, 그들은 더 이상 자기를 알고 싶어 하지 않게 된다. 대신 현혹자를 알고 싶어 애를 태우게 되는 것이다!

같은 맥락에서 역시 요주의 대상이 되는 책들이 몇 가지 더 있다. 아우구스티누스, 현혹자가 거느리는 쟁쟁한 동맹자들 중 한 사람인 그는 이렇게 썼다. '자기를 깨달은 자, 신인식에 도달할 지어다.' 이 발언 역시, 말도 안 되는 허위를 내포하는데도 불구하고 무시무시한 위력을 발휘하는 문장이다. 아우구스티누스의 글만큼 접근을 불허해야 할 글 중 하나는 현혹자의 또 다른 요원인 마틴 루터가 남긴 글이다. 목표대상이 루터의 글을 읽게 된다면 당신의 타율은 쑥 내려가고 대공황이 닥칠 것이다. '늘 심장 고동이 시키는 대로 따르다보면 슬픔에서 벗어날 방법이 없다.' 라고 말한 것만 봐도 그렇다. 루터의 언어적 힘은 그가 생을 마감한 지 500년이나 지났는데도 당신과 나를 무수히 패배하게 만들 만큼 강하다. 그러니, 조심하라!

악마의 추천

헤르만 헤세, 《자기성찰의 즐거움. 개성화와 순응》, 프랑크푸르트, 1986

솔직히 말하겠다. 헤르만 헤세라는 인간에 대해 사실 깊이 생각해보지 않았다. 어떤 인간인지 감이 잘 안 잡힌다. "그는 '너 자신이 되라'는 가장 이상적인 법칙"이라고 썼다. 내 입장에서 보면 매우 든든한 말이다. 인간들을 자아찾기로 몰아서, 거기서 뭉개고 있게 만드니까. 그렇지만 헤세가 정말 온 마음을 다해 자기성찰을 칭송할 때면 회의가 든다. 헤세는 자기 안에서 찾아내게 될 진리가 결국 아주 심오한 방식으로 인간을 해방시킨다는 점을 역설하기 때문이다. 그것은 우리의 노고에 대한 모욕이다. 자아발견은 인간을 마비시켜야지, 인간을 편하게 해주어서는 안 된다! 그렇더라도 일단, 당신이 악마의 견습생으로 입문한 만큼 헤세를 일독하길 권한다. 당신의 평가가 몹시도 궁금하다.

우베 비른슈타인, 《종착지는 그대. 삶으로 떠나는 순례여행》, 뮌헨. 2009

이 책은 '영적 자아발견'이 가진 파괴적인 형태를 아주 호소력 있게 제시한다. 열두 단계에 걸쳐 독자들은 자기 생이라는 여정을 걸어간다. '고독 추구하기', '사막 견디기', '부모 공경하기', '이웃사랑 실천하기' 같은 쓸 데 없는 짓들을 수행해야 한다. 이런 얘기들을 담담하고도 주도면밀하게 써놨기 때문에 대다수의 독자들은 정말 여기 나온 '순례여정'에 감동을 받을 공산이 크다. 이 책을 서점에서 발견할 경우 메탈 재질로 제작해둔 '순례주기표'를 몰래 뜯어내버려라. 그것만으로도 판매수치는 뚝 떨어질 것이다.

 로젠슈톨, '나는 나'

감상은 마비를 부르고 중독성이 강하다. 밴드 '로젠슈톨츠'가 그것을 대변한다. 로젠슈톨츠는 심금을 살살 건드리는 팝음악에 기반해서 자기파괴적인 죄책감의 판타지를 유도한다. '나는 나. 그것 하나가 내 죄라네.'라고 노래하는 그들. '내 머릿속엔 온통 분노뿐이야. 어젯밤 도무지 잠을 못 잤어.' 좋다. 계속 그런 식으로 가면 된다. 잠들지 말고 로젠슈톨츠를 들어라, 그리고 자아라는 바다 속에 풍덩 빠져 아래로, 아래로 내려가기만 하면 된다!

 '위대한 바가로지(Bagarozy)' 독일. 1999년

원래 심리학자들은 인간들이 자기를 찾는 데 도움을 주는 게 정상이다. 고맙게도 어둠의 군주 덕분에 이 일이 늘 성공하지는 못한다. 왜냐하면 영혼의 전문가라는 이들 심리치료사들 자신이 오히려 치료를 받아야 할 정도로 문제가 있는 경우가 많기 때문이다. 이 영화의 원전 소설을 쓴 작가 헬무트 크라우서는 그것을 잘 알고 있는 인간이다. 영화에서는 치료를 받으러 온 환자가 심리치료사인 여성을 유혹해 하고 싶지 않았던 일을 하게 만든다. 더욱이 압권은, 이 환자가 사실 자신은 사탄이라고 폭로한다는 점이다! 정말 끝내주지 않는가?

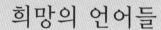

희망의 언어들

주여 나를 떠나소서 나는 죄인이로소이다.

－누가복음 5장 8절

너에게 없는 것을 떠올려라. 그러면 지금 가지고 있는 것에
지루해질 틈이 없으리라.

－오비디우스

당신이 무엇을 하더라도, 혹은 아무것도 하지 않아도 결국
후회하게 될 것이다.

－조반니 보카치오

깊은 자기통찰에서 자신이 잠자리 같은 미물에 불과하다고
생각한 이는, 놀랍게도 자기가 형편없는 인간말종이란 사실
을 깨닫는다.

－클라분트

제2강 사랑에 대해서

사랑과 연애감정을 혼동하게 만들어라

주제 소개

　이번 과정은 별로 큰 어려움이 없다. 친애하는 악마 견습생들에게 주는 선물이라고 생각하라. 단지 이것만 알면 된다. 현혹자가 사랑이라는 이름으로 생각해낸 것이 인간들의 손과 마음에 가면 아주 웃기는 불장난이 된다는 사실을 말이다. 우울한 기분이 들면 사랑에 빠진 인간의 얼굴을 한번 쳐다보라. 그 우스꽝스런 혼란 덕분에 제대로 웃고 즐길 수 있을 것이다.

　실제로 현혹자가 생각해낸 '사랑'이라는 개념이 우리 인생을 천국으로 만들 수도 있는 힘을 지니고 있기에 더 재미있다. 현혹자가 '사랑'이라는 이름으로 만들어낸 것 때문에 인간들이 서로 그토록 강하게 결속하게 되고, 수십 년간 서로에게 마음을 주거나, 어둠이 끼어들 틈이 없는 이른바 충만한 삶이라는 것을 살기도 하는 것이다. 진실로 사랑하는 인간들이란 우리에게는 쉽게 접수하지 못하는 요새나 다름없다.

　그래도 위안이 되는 것은, 이런 진정한 사랑을 실천하고 경험하는 인간들이 극히 일부라는 점이다. 바꿔 말하면, 전체 인구 중 90퍼센트는 우리가 사랑의 경로에서 이탈시킬 기회가 있다는 뜻이다. 사랑이 인간의 의식세계나 감정활동에서 그토록 높은 서열을 차지하는

데 어떻게 그것이 가능하냐고? 그럴 때는 사랑의 도구로 사랑을 공략해야 한다.

우선 상황 분석부터 시작하자.

현실에서 보이는 사랑은 어떤 모습인가? 두 인간이 서로를 매력적으로 느낀다. 몸에서는 온갖 호르몬이 뿜어져 나온다. 도파민, 세로토닌, 뉴트로핀, 테스토스테론……. 이 생화학 전달물질들이(현혹자의 실험실에서 나온 이 발상은 내가 봐도 진짜 잘 만든 것 같다!) 당사자를 들끓게 만들고 거의 병적인 흥분 상태로 몰아넣는다. 상대방 남자나 여자를 완전히 무비판적으로 신격화하게 된다. 호르몬 덕분에 일어나는 또 하나의 결과물은, 두 인간의 거침없고, 영원할 듯 보이는 섹스다. 하지만 모든 것엔 끝이 있나니! 호르몬이 끌어올린 흥분기는 기껏해야 3년 남짓이면 끝난다. 그 다음은, 현혹자의 계획대로, 아이가 생긴다. 이제 부모라는 공동의 책임이 연애감정을 대체하고 두 인간의 유대감을 유지시킨다. 물론 최악의 경우, 오랜 세월 지속되는 인간 대 인간의 애정이 싹트기도 한다. 이런 커플이나 가족은 현혹자가 심어두는 세포핵과 같은 존재들이다. 이런 인간들은 우리 어둠의 세력이 해체하기가 아주 힘든 타입들이다.

그래서 미리미리 일처리를 완벽하게 해두는 것이 필요하다. 지금까지 승전고를 울린 사례가 많다. 좀 더 쉽게 설명하기 위해 과거로 돌아가 보도록 하겠다. 300년 전, 우리는 사랑과 낭만주의를 연결시키는 데 성공했다. 뭇 시인들과 예술가들의 도움에 힘입은 바가 크다. 그때부터 연인이나 부부 관계에는 낭만적인 동경이 마치 한 몸처럼 붙어다니게 되었다. 연애감정이 영원히 지속되는 것이라고 큰소리치고 다닌 것도 우리다. 진지한 마음으로 결속된 부부 사이에 환한 빛이라도 선사하듯 낭만주의를 비춰주었다. 그러나 사실은 그것이 어두운 그늘을 만들어낸다는 것은 우리끼리만 아는 얘기였다.

두 번째 할 일은, 이른바 두 인간이 막 사귀기 시작해서 서로에게 반해있는 감정, 즉 연애감정이 남녀관계의 모든 것을 재는 척도라고 세뇌시키는 것이다. 그래서 모든 연인들과 부부들이 죽을 때까지 구름 위에 붕 떠 있는 것처럼 살아야 한다고 생각하게 만들어야 한다. 이것이 성공하면 아주 짜릿한 성공체험을 맛보게 될 것이다. 당신 앞에 있는 남녀커플은 처음에 느낀 열정을 붙들어두려고 안간힘을 쓰지만 번번이 실패하면서 절망감을 느낀다. 사랑스러운 미소가 서서히 돌처럼 굳은 표정으로 바뀌게 된다. 이런 상태에 있을 때 인간들은 어떤 어둠의 전략을 써도 잘 먹히게 된다. 자세한 전략들은 이 책 뒤편에 마련한 '특수상황을 위한 조언' 편에서 설명하겠다. 근사한 것은, 이 모든 것에도 불구하고 결국 인간들은 진정한 사랑을 체험하지 못한다는 사실이다. 채워지지 않는 갈망과 고독에 싸여 근근이 생을 연명할 뿐이다. 자, 그러니 친애하는 견습생들이여, 새로운 각오로 달려들어라! 사랑은 참 오묘한 놀이다. 이것을 마음껏 이용하라!

유혹의 기술

　'인간은 사랑에 막 빠졌을 때 영적으로 빈곤해지며, 의식의 삶은 둔화되고 편협해지고 황폐해진다.'는 말이 있다. 친애하는 악마 견습생들이여. 바로 이런 이유 때문에 우리는 철학자들을 항상 경계해야 한다. 이들 중 일부는 유달리 진실을 잘 묘사하는 재주를 가지고 있다. 위의 말을 한 호세 오르테가 이 가세트(José Ortega y Gasset)가 1955년에 이미 현혹자들의 황량한 제국으로 떠나버려서 요즘은 그의 글을 읽는 이가 별로 없다는 것이 얼마나 다행인지 모른다. 안 그랬다면 이 작자는 우리가 신나게 외치는 '사랑에 빠지는 경험을 사랑하라!'라는 슬로건에 심각한 타격을 가했을 것 아닌가!

　남녀노소 빈부차이를 막론하고 인간이라면 누구나 사랑에 막 빠진 순간 비슷한 증상을 보인다. 한번 더 오르테가 이 가세트의 말을 빌자면, '일종의 임시적인 정신박약 증상'이다. 꿈꾸는 듯한 눈빛과 신경증적 반응이 수시로 엇갈리고, 현실 인지능력이 현저히 제한되며, 이성과 감성의 초점은 지금 관심을 가진 주제, 무엇보다도 욕망하는 대상에게로 모조리 향한다. 그래, 그래야 맞다. 그리고 당신이 다음에 나오는 실용 전술을 잘 수행한다면 계속 이 상태가 유지될 것이다.

우정을 방해하라!

사랑에 빠진 연인들이란 아마 당신이 보기에도 기이해 보일 텐데, 그들은 으레 두 가지를 염두에 둔다. 첫째, 죽을 때까지 지금의 설레는 흥분을 끌고 가고 싶다. 둘째, 이 강렬한 감정은 분명 우정과 깊은 관련이 있을 것이라는 환상에 빠져 있다. '소울 메이트(영혼의 동반자)'니 뭐니 하는 말이 연인들이 흔히 하는 말이다. 상대를 만나 평생 함께 할 최고의 친구를 찾았다는 느낌, 내 영혼 깊은 곳까지 이해받고 있다는 느낌, 상대의 근심과 끝 모를 나락까지도 감싸 안을 수 있다는 그런 기분에 취하기도 한다. 그러나 두 사람이 서로를 단단히 묶는다고 믿는 우정의 끈 같은 것은 사실 서로에게 막 반했을 때 드는 설렘처럼 언제든지 쉽게 끊어져버리는 허상에 불과하다. 대부분 그렇다. 물론 당신이 주의해서 감시해야 하는 위험성은 여전히 있다. 만약 두 사람이 사랑의 짜릿함을 즐기는 데만 연연하지 않고 진정한 우정을 가꾸는 데 더 무게를 둔다면, 당신이 즉시 뛰어들어 훼방을 놓아야 한다. 그들을 다시 단순한 감정의 길로 끌어와야 하며 이타적인 우정의 싹을 짓뭉개버려야 한다. 우정은 우리가 그들을 요리할 수 있는 수준 이상으로 두 인간을 단단히 결속시키기 때문이다!

최대한 빨리 같이 살게 하라!

어떤 면에서 연애감정은 독특한 역설에 근거해서 생긴다. 한편으로는 생소함과 불편함 때문에 서로에게 끌렸으면서도, 그것을 어떻게 해서든 빨리 없애고 뛰어 넘고자 한다. 겨우 며칠 안 되었는데도 그들은 영원히 함께 있는 것을 꿈꾼다. 그곳이 산속이든 바닷가든 상관없다. 같이 살 작은 집만 있으면 아무 상관없다. 그저 언제나 가까이 있을 수만 있으면 된다. 가까이, 더 가까이, 최대한 딱 붙은 채로. 어떤 커플은 진짜 놀랄 만큼 빨리 살림을 합친다. 하지만 지나치게 넘치는 열정 때문에 아주 간단한 일 하나도 실행에 옮기지 못하는 연인들도 있다. 쉽게 말해, 함께 살겠다는 비전을 어이없이 포기해버리는 것이다.

그럴 때 두 사람이 같이 살도록 당신이 부추길 수 있는 방법은 여러 가지다. 우선 부동산 광고가 실린 신문이나 정보지를 문 앞에 열심히 놔둔다. '세놓음'이라고 내걸린 집이나 중개업소 앞으로 일부러 유인하는 것도 괜찮다. 더불어 부동산 관련 사이트의 뉴스레터를 수신하면서 괜찮은 매물이 나올 때마다 연인 중에서 특히 여자 쪽에 부지런히 메일로 정보를 보낸다.

이렇게 애쓴 대가가 뭐냐고? 이 거북이 커플이 드디어 비둘기집에 보금자리를 마련하고 함께 살게 되면 생소함과 불편함 따위는 단숨에 없어진다. 사랑에 불을 지폈던 중요한 이유 중 하나가 한순간에 사라지는 것이다. 당연히 그 커플은 인정하기 싫겠지. 대신 더욱더 지금 자기들이 천국에 있다는 환상에 매달리게 된다. 그래봤자 그들의 상황은, 야생마를 차고에 가둬놓은 것처럼, 사랑과는 한참이나 멀어지기만 할 것이다.

오로지 조화만을 추구하게 하라!

　　알다시피 낙원에만 있다 보면 엄청난 죄악을 저지르게 된다. 에덴동산을 가득 채운 천국 특유의 지루함은 결국 아담과 이브로 하여금 현혹자가 유일하게 금지한 한 가지 규칙을 깨뜨리게 만든다. 그렇더라도 우리는 어디든 필요하면 달려가, 연인끼리의 조화야말로 사랑의 최고 가치라고 믿도록 만들었다. 조화, 이것을 깨뜨리지 않게 만드는 것이 당신의 목표 중 하나가 되어야 한다. 다만 반드시 주의할 점이 있다. 누구든 타인과 평화롭게 살고 싶어 하는 욕구를 가지고 있다는 점이다. 그러므로 어떻게 해서든 싸움을 피하려고 한다. 연인 사이에서 화목은 좋은 것이고, 싸움은 무조건 나쁜 것이다. 이 원칙을 수많은 '사랑하는' 인간들에게 주입시키기만 하면 실로 많은 결실을 거둘 수 있다. 불만이 있어도 꾹 눌러 참기만 하면 결국 둘 사이에는 불신이 쌓이고 데면데면해질 것이다. 더욱이 연인들이 자나 깨나 '우리 자기', '허니', '애기', '너무너무 사랑해' 이런 말만 하면서 사랑을 확인하게 만들면 당신은 그야말로 최고의 찬사를 받을 자격이 있다. 부부끼리 입으로는 이런 말만 하면서, 속으로는 욕이라도 한 바가지 퍼붓고 싶은 심정이라면? 이보다 더 끝내주는 악마의 승리가 어디 있으랴!

도무지 만족할 줄 모르는 성적 쾌락을 맛보게 하라!

　　부끄러워하지 말라. 커플이 가장 은밀한 순간을 즐길 때 훔쳐봐도 된다. 내밀한 포옹과 농염한 정열을 보며, 모든 것을 잊게 만드는 환희와 모든 것이 가능한 육욕의 순간을 목격하라. 놀라지 말라. 이것 역시 사랑에 빠진 이들의 육신에서 일어나는 신경화학적인 과정의 결과물일 뿐이다. 그들 자신은 그것을 모른다는 점이 우리에게는 이점으로 작용한다. 연인들은 이런 익숙하고도 과감한 성이야말로 사랑의 징표이며, 처음 사랑에 빠졌을 때의 상태가 계속 유지되는 정도가 아니라 오히려 날이 갈수록 더욱 강해질 것이라고 착각한다. 성은 태곳적부터 우리 세력이 선호하던 전문 스킬 중 하나다. 지금까지 성이라는 도구로 얼마나 많은 성과를 이뤘는지 돌이켜보면 참으로 고마운 마음마저 들게 된다. 물론 시대가 변하긴 했지만 예나 지금이나 인간들이 이 주제에는 꽤 반응을 잘 한다는 사실에는 변함이 없다. 요즘엔 과거에 비해, 더 많은 성적 쾌감을 경험할 수 있다고 연인들을 속이기에 꽤 쓸 만한 작업도구도 많다. 모조 페니스, 야한 속옷, 섹스 장난감, 섹스 마네킹 등 온갖 종류의 연출이 가능한 도구들이 차고 넘친다. 제일 괜찮은 도구는 바로 인터넷이다. 인터넷에서는 쾌락을 즐기는 수만 가지 방식을 내 마음대로 고를 수 있다. 심지어 나까지도 오싹해지는 것들도 적지 않다. 중요한 건 이 모든 게 겨우 몇 초만 찔끔 좋고 끝나버린다는 것이다. 그럼에도 인간들에게는 이 '절정'이 지복에 이르게 한다고 둘러대면 된다. 너무 흥분한 나머지 그 어떤 쾌감도 더는 느낄 수 없게 될 때까지 말이다.

절정만 종종대며 쫓아다니는 인간들의 작태를 갖고 놀려면, 때가 됐다 싶을 때 '오르가슴'이란 말을 써도 무방하다. 오르가슴이 곧 사랑의 필요조건이라고 떠들어라. 서로에게 오르가슴을 강요하게 하

라. 강요만큼 사랑을 완벽하게 차단하는 것은 없으며, 강요는 커플을 어둠으로 이끄는 일용할 양식이다.

질투심에 불을 붙여라!

분하지만, 현혹자의 특출한 사도 중 한 명인 바울이 고린도 인들에게 한 말은 도저히 부정할 수 없는 이야기다. '사랑은 시기하지 않는다!' 질투심 없이 사랑하는 부부는 난공불락의 요새와 같다. 그러니 때와 장소를 가리지 말고 어떻게든 질투심을 유발시킬 방법을 죄다 동원해야 한다. 200년 전쯤에 우리와 동맹을 맺은 작가 프란츠 그릴파르처는 질투에 대해 아주 멋들어진 문장 하나를 남겼다. '질투는 열과 성을 다해 고통을 찾아다니는 열정이다.' 당신은 인간들이 그렇게 찾아다니는 것을 적당한 시기에 그들 손에 쥐어주기만 하면 된다. 연인의 일상을 의심하게 하는 사소한 증거들을 내미는 것이다. 날 듯 말 듯한 낯선 냄새 한 조각, 달갑지 않은 내용의 문자메시지, 비싼 음식점의 영수증, 반복되는 늦은 귀가. 이런 가벼운 미끼를 꾸준히 던지다 보면 몇 가지는 분명히 걸려들게 된다. 주의 깊게 관찰하라. 그리고 질투가 가져오는 반갑기 그지없는 효과를 만끽하라!

부모의 굴레에서 벗어나지 못하게 하라!

강렬한 연애감정을 일으키는 것은 비단 생화학적인 반응만이 아니다. 심층심리학적인 요인 역시 연인을 고르는 데 중요한 역할을 한다. 어린 시절에 각인된 행동패턴은 인간이 배우자와 관계를 맺을 때 매우 큰 영향을 미친다고 심리학자들은 말한다. 그 예로, 인간들이 서로 자기 어머니나 아버지와 외모나 행동이 닮은 인간을 배우자로 선택하는 것을 심심찮게 목격한다. 반대로 아예 정반대 성격과 정반대 외모를 가진 인간을 굳이 찾아서 배우자로 삼는 경우도 있다. 두 가지 경우 모두 그들은 안타깝게도 아직도 부모에게서 벗어나지 못했다는 증거이다. 물론 이것은 우리에게는 더할 나위 없는 축복이다! 이런 상태가 지속되는 한, 그 인간은 상대를 볼 때 오직 아버지나 어머니의 화신만을 보려고 한다. 그런 시선을 받는 상대방은 당연히 미치고 팔짝 뛸 만큼 힘들어진다. 이 상황은 어쩔 수 없이 오해를 낳게 된다. 현혹자가 그토록 원하는 진정한 사랑을 가로막는 이 오해란 것이 우리에겐 곧 성공의 지름길이 아니겠는가!

둘을 고립시켜라!

'Just me and you!' 너랑 나랑 단 둘이서! 바바라 스트라이잰드에서 로비 윌리엄스까지, 하나같이 이런 문구를 읊조리고 있다. 이 말은 연인들이 둘만의 사랑을 그 무엇보다 최우선으로 삼는다는 방증이다. 한창 상대와 열을 올리고 있는데 누군가가 끼어들면 좋아할 연인이 어디 있겠는가! 사랑에 빠지면 그 누구와도 그 행복을 공유하고 싶지 않게 된다. 그러니 당신 역시 티 나지 않게 이런 욕구를 부추기고 더욱더 둘만의 공간과 시간에 갇히도록 유도해야 한다(물론 안 그래도 자기들이 알아서 그렇게 하겠지만). 어떤 인간은 친구에게서 전화가 오면 연인과 하려고 했던 계획을 바꾸고, 그 친구와의 약속에 무게를 둔다. 이런 일은 철저히 막아야 한다. 다른 이들과의 접촉은 그들이 끼고 있는 장밋빛 색안경의 힘을 약하게 만들며 이 세상에 오직 그들 둘만 있는 게 아니라는 사실을 깨닫게 하기 때문이다. 이 정도면 반드시 막아야 한다는 걸 당신이 먼저 잘 알 것이다!

항변코너

　이처럼 확실한 승전 가능성에도 불구하고 우리 자신만큼은 속일 수 없는 것이 있다. 현혹자는 항상 두 눈 시퍼렇게 뜨고 살아있으며 연인들을 조종하려는 당신의 시도에 대해 자기만의 방식으로 대응하려 할 것이다. 당신은 악마 견습생으로서 이제 막 연수를 시작한 데다 몇 가지 성공까지 경험하고 열광적인 기분에 빠져 있을 것이다. 그러나 조심하라. 적은 잠들지 않는다! 앞으로 언급할 반격에 반드시 대비해야 한다.

연인들이 나름 고차원을 지향할 때

　교양이니 교육이니 하는 것은 사랑에 빠지는 순간에는 별로 소용이 없다. 그러나 연인들이 이성을 되찾는 순간 교양은 다시 힘을 발휘한다. 현혹자가 잘 훈련시킨 연인들일수록, 사랑이 시작된 다음부터 이성이 다시 되돌아올 때까지 걸리는 시간이 단축된다. 최악의 경우, 어떤 연인들은 특별한 훈련이 되어 있어서 사랑의 개념을 조금 다른 시각으로 보기도 한다. 그래서 쾌락을 즐기는 데만 머리를 쓰는 게 아니라, 사랑의 세 가지 차원에 대해서도 알고 이해하려고 노력한다. 즉, 감각과 정욕의 사랑인 에로스, 서로를 이해하는 것에 중점을 둔

우정의 사랑인 필리아, 상대의 행복과 안녕만을 염두에 두는 이타적 사랑인 아가페가 그것이다.

당신이 공략하려고 하는 연인들에게서 그런 사고의 움직임이 감지되면, 즉시 정반대로 생각하게 만들어야 한다. 그것은 물론 쉬운 일이 아니다. 때로는 교란작전을 펴는 것도 도움이 된다. 자신들의 연애감정이 앞서 말한 세 가지 사랑의 형태를 모두 충족시킨다고 착각하도록 유도하는 것이다.

연인들이 공동체 의식을 가질 때

만약 당신이 점찍은 대상이 너무 외로워서 혹은 앞서 가졌던 관계가 불행해서 이번 연애를 시작한 것이라면, 일단 행운의 여신은 당신 편이라고 생각해도 좋다. 그러나 때때로 반대의 경우도 맞닥뜨려야 할 것이다. 별다른 문제없이 만족하면서 든든한 친구들까지 있던 인간이, 갑자기 살기 위해서 반드시 필요한 것은 아니지만 그래도 자신에게 굉장히 중요한 어떤 부분을 건드려주는 인간을 만나버리는 것이다. 이럴 경우 두 사람은 원래 살던 환경에서 쉽게 탈출하지 않는다는 위험이 있다. 심지어 '연애 이외'의 여가활동에는 상대를 아예 끌어들일 행동조차 하지 않는데, 이는 우리에게는 매우 치명적이다. 사랑에 빠진 남녀가 손을 잡고 도심을 누비거나 산과 들을 돌아다니는 것이야말로 우리가 바라는 바다. 연인들이 다른 인간들과 같이 어울리거나, 아예 동호회랄지 각종 사교모임 혹은 교회 친목단체 등에서 함께 적극적으로 활동하고 그것을 의미 있는 것으로 판단한다면 큰 낭패가 아닐 수 없다.

그러므로 내 경험상 미리미리 그 가능성을 차단하는 것이 최선임을 밝힌다. 그런 모임 약속이 있기 직전 두 사람의 마음속에 정열의 불씨를 지펴, 모임 따위는 집어치우고 단둘이서만 저녁을 보내고 싶게 만들어야 한다. 혹은, 커플들이 모임에 나갔을 때도 서로에게 정신이 팔려있다는 것을 공공연히 드러나게 해서, 다른 구성원들이 그들이 모임에 오는 것을 탐탁치 않게 여기고 어떤 식으로든 그 불쾌감을 내색하도록 유도하는 것도 괜찮은 방법이다.

힘겨운 '운명의 장난'

막 사랑에 빠진 두 연인에게 현혹자가 일부러 충격적인 운명을 선물하는 경우도 드물지 않다. 그것이 병이나 사고일 수도 있고 경제적인 난관이나 여타의 문젯거리일 수도 있다. 그러면 그들은 우리가 별로 선호하지 않는 방식으로, 그들을 지배하던 감정의 소용돌이에서 갑자기 빠져나오게 되는 불상사가 일어난다. 갑자기 중요한 문제들이 삶의 중심으로 떠오른다. 공감과 깊은 위안 같은 실질적인 지지와 도움이 서로에게 요구된다. 이런 것들이야말로 진짜 사랑을 뒷받침하는 태도가 아니고 무엇이겠는가. 그러니 당신의 방해 작전이 절실히 필요하다. 어떻게 해야 하냐고? 솔직히 말해 이것은 적이 우리에게 가하는 공격 중 가장 강력한 것이어서 지금껏 어떤 방법도 통하지 않았다. 그저 당신의 활약을 기대할 뿐이다.

악마의 추천

 부니발트 뮐러, 〈입맞춤은 기도리니. 영성의 원천으로서의 성〉, 마인츠, 2003년

현혹자의 하수인들은 성을 신적인 영역으로 승격하는 데 아무런 거리낌도 없을 만큼 과감하다. 이 책에서는 에로스를 주제로, 성적인 것이 신을 체험하는 경로가 될 수 있음을 역설한다. 이 모든 헛소리가 신학자이자 심리학자인 저자의 펜에서 흘러나온 것이다. 젠장, 지옥에나 떨어져버리라지! 백 번 양보해서 인간들이 입맞춤하는 것에 동의한다. 기도도 해도 좋다. 다만, 해야 한다면 부탁인데 제발 두 가지를 동시에 하지는 말라고!

 한스 옐로셰크, 〈사랑으로 사는 인간. 스토리북〉, 슈투트가르트, 2006년.
이 남부독일 출신 부부상담심리사는 수십 년 전부터 아주 몹쓸 짓만 하고 다닌다. 그냥 사랑만 (되)찾으려는 커플만 좀 상담해주고 말면 될 텐데, 그는 오지랖 넓게도 거기서 그치지 않는다. 엄청난 해악을 담은 논제들을 폭넓게 다루며 무수한 책까지 썼다. 연인들이 항상 살아 숨 쉬는 사랑, 깨어있는 사랑을 유지할 수 있다고 주장하는 것이다. 서로 대화하고, 상대에게 '주의를 기울이고', 실망한 점이 있어도 건설적으로 다가갈 것 등을 떠든다. 이 책들은 싸그리 지옥불에 던져 태워버려야 마땅하다. 너무 많은 이들이 그가 쓴 책에 신뢰를 보이며 멍에를 벗고 진정한 만족을 얻는 사랑을 경험하기 때문이다!

 우도 린덴베르크, '그녀는 마흔'

암 그래야지. 그래야 하고말고. 마흔이 된 부부가 지루함과 절망에 찌들어 집에 들어앉아 있다. 둘이서 알콩달콩 살겠다는 꿈을 마지막으로 품었건만, 결국 체념 속에서 모든 것이 물거품이 된다. "그녀는 마흔, 이렇게 묻는다. '이 대기실에서 어떻게 하면 나갈 수 있지?' 냉장고 안에서 꽁꽁 얼어붙은 꿈을 껴안은 채, 낫을 든 사신이 다가와 이렇게 말할 때까지 멍하니 있네. '자, 이제 가볼까.'" 우도 린덴베르크와 울라 마이네케는 인간들이 '사랑'이라고 부르는 것의 실체에 대해 아주 멋진 노래를 지어냈다.

 '고양이', 프랑스, 1971년.

파리 전체가 사랑을 꿈꾼다. 그리고 프랑스 전체가 그 사랑이 어떻게 끝날지를 안다. 적어도 조르주 시메농(Georges Simenon)이 쓴 책이나 그것을 바탕으로 만든 영화를 보고 난 다음에는 그렇다는 말이다. 여기 등장하는 커플은 수십 년 동안 불행하고 삭막한 공생관계를 이어왔지만, 한때 이들도 사랑을 했던 적이 있다. 그러나 이제 남은 것은 증오뿐이다. 두 인간은 할 말이 무척 많지만 더는 서로 이야기를 나누지 않는다. 서로 말하고 싶은 것이 있으면 그냥 쪽지에 써둔다. 사실은 상대가 그냥 콱 죽어버렸으면 싶지만, 그렇다고 둘 다 혼자 살 능력은 없다. 고약한 심사 때문에 아내는 남편(배우 장 가뱅이 끝내 주게 배역을 소화한)의 고양이를 쏘아 죽이면서 결말이 다가온다. 내가 무척 좋아하는 사랑 영화다.

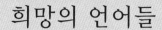

희망의 언어들

내가 늘 사랑에 빠져있는 이유는 백 가지도 넘는다.

　　　　　　　　　　　　　　　　　-오비디우스

사랑에 빠진 자는 탄식하고, 희망하고, 믿고, 질질 짠다.

　　　　　　　　　　　- 크리스티앙 디트리히 그라베

연인들에게 고통은 참으로 달콤하다.

　　　　　　　　　　　　　- 프란츠 그릴파르처

사랑에 빠지는 것이 인간이 하는 일 중 제일 멍청한 짓은 아
니다. 다만 그것을 중력의 책임으로 돌리는 건 어불성설이
다.

　　　　　　　　　　　　- 알베르트 아인슈타인

제3강 신의에 대해서

부정을 저지르게 하라

주제소개

어떤 순간이 오면 꽤 많은 인간들이 자기 인생은 오직 놓쳐버린 기회들의 연속이라고 아쉬워한다. 왜 그런 일이 일어나는지 이미 감을 잡은 인간들도 있을 것이다. 인간, 어떤 대상들, 소위 의무와 긴급한 일들에 대한 신의를 지키기 위해 겪어볼 법한 수많은 기회를 놓쳤다. 바로 그 얘기를 지금부터 이 강좌에서 하려고 한다. 인간들을 약속과 충성서약으로부터 해방시키는 것이 우리의 임무다. 만약 인간들이 자기가 한 약속을 모두 지키고 산다면 대체 우리는 어떻게 되겠는가? 인간들이 서로를 신뢰하는 사태가 일어난다면? 맹목적인 신뢰는 우리가 가는 길을 가로막는 거대한 장벽이 되어 우뚝 솟아오를 것이다. 의심과 불신의 씨를 뿌리고 그로써 암흑군주의 역사를 지원하는 우리의 노력이 허사가 돼버리지 않겠는가!

신의를 주제로 말하기 전에 우선 한 가지를 염두에 두어야 한다. 현혹자에게도 역시 신의는 꽤 까다로운 문제다. 현혹자는 기회가 있을 때마다 '자기' 백성들을 다시는 벌하지 않고 늘 '사랑의 하나님'이 될 것이라고 약속했다. 이것이야말로 말 그대로 '현혹자'가 하는 짓이 아니고 무엇이겠는가! 심지어 '영원한 결속'까지 맹세한 그였으나, 곧바로 단지 인간들이 자신을 따르지 않았다는 이유로 무시무시한 방식으로 그들을 멸하니 말이다. 우리 최고 상사이신 암흑군주 역시 아주 오래 전에 이런 현혹자의 잔혹한 면모를 간파한 바 있다. 말이 나왔으니 말인데, 암흑군주께서는 오래 전 신의 궁정에서 천사로 살았다. 원래 이름은 '빛의 운반자'라는 뜻의 루시퍼였으며 현혹자의 최측근에서 일하는 권세를 누렸다. 그러나 현혹자는 '교만'하다는 말도 안 되는 누명을 씌워 아주 쉽게, 그것도 최고로 고통스럽게 하늘에서 내쫓아버렸다. 현혹자의 아들 예수는 이 불화를 눈여겨보았고 훗날 잔뜩 가슴을 부풀려가며 이렇게 읊었다. '나는 사탄이 벼락처럼 하늘에서 떨어지는 것을 보았노라.'

지금은 우리 모두 암흑군주께서 그 환한 하늘에서 지옥으로 보금자리를 바꾸신 것이 아주 잘하신 거란 걸 안다. 천사로서 수집한 정보가 지금까지 우리 작업은 물론이요 이 지침서의 주요 기반이 되었다. 우리는 항상 그분께 머리를 조아려 감사해야 하나니. 그분의 아량이 없었다면 우리에게 허락된 지옥의 열락을 구경하지도 못했을 것 아닌가.

어쩌면 현혹자 자신부터 맹세를 깨뜨렸기 때문에 인간들이 그토록 충성서약을 깨뜨리는 유혹에 잘 넘어가는지도 모른다. 이론적으로 인간들은 신의가 곧 미덕이라고 믿는다. 실제로 충성과 신의를 지키겠다는 말도 입에 올린다. 하지만 이론은 이미 퇴색되었고, 실전에서는 어떤 인간이든 유혹이 가능하다.

첫 번째 시도는 승리가 가장 확실한 영역에서 시작해보는 게 좋겠다. 사랑의 정조 서약이 바로 그것이다. 이 영역에서 당신이 사용할 만한 유혹의 무기들은 참으로 선택의 폭이 넓고 효과도 크다. 이 분야에서만큼은 인간들도 깜짝 놀랄 만큼 곧잘 부정을 저지른다. 아주 단순한 도구만으로도 꽤 짭짤한 성과를 이뤄낼 수 있다. 선정적인 시선에, 야한 속옷 한 장에, 적당히 빠져나올 만한 상황에다 약간의 술까지 곁들이면, 아주 기꺼이 그리고 유쾌한 마음으로 남자든 여자든 연인이나 배우자와의 정조서약을 간단히 깨버린다.

　　일이 벌어진 다음 얼마나 열심히 양심의 가책을 무마하려 애쓰는지 보는 것도 참 재미있는 일이다. 이 영역 역시 우리 쪽의 성공이 고맙게도 항상 보장된 것이라고 봐도 무방하다. 최초의 외도 후에 찾아오는 죄책감은 시간이 가고 횟수가 거듭될수록 점점 줄어든다. 목표대상이 죄책감에 적당히 길들여질 때쯤이면, 이제 한번의 바람이 장기적인 외도로 치달을 준비가 되었다고 봐도 좋다. '양심이 맑은 자는 자유롭도다.' 괴테가 한 말이다. 그러므로 될 수 있는 한 시키면 양심이 곧 맑고 깨끗한 양심이라고 믿게 만드는 게 우리의 임무가 되겠다.

　　다행히도 요즘의 세태가 우리 일을 예전보다 한층 쉽게 만들어주는 것도 반가운 일이다. 도덕은 이빨 빠진 호랑이가 되었다. 정조를 깼다고 해서 사회나 도덕기관으로부터 받는 지탄에 대해 변호를 할 필요도 없다. 그저 자기가 속인 인간 한 명만 상대하면 되는 것이다. 더욱이 이것을 매우 쉽게 만드는 논리도 준비되어 있다. '사랑은 전쟁터', 팻 베네이터의 이 노래 제목을 사기진작용으로 좀 들어도 나쁘지 않을 것이다. 빙 크로스비와 그레이스 켈리가 읊은 '트루 러브'도 추천한다. 이 노래를 들으면 아마 기쁨의 눈물을 흘릴지도 모른다.

유혹의 기술

　친애하는 악마 견습생들이여, 지금 나는 당신의 뛰어난 항상심, 즉 충성심을 요구하는 바이다. 그것이 바로 당신이 인간에게서 뺏어야 하는 덕목이다. 무상하기 짝이 없는 현혹자의 섭리가 아닌, 암흑군주를 향한 충성 말이다. 다음에 나오는 요령들은 사실 적잖은 위험요소를 품고 있다. 그래서 당신의 전임자들 중 상당수가, 누가 봐도 난이도가 낮은 임무임에도 불구하고 거듭 실패를 경험했다. 다시 말하면 자신의 유혹의 기술에 스스로 넘어가, 우리 쪽에 대한 충성 서약을 깨고 말았던 것이다! 이런 딜레마에 빠지지 않으려면 끊임없이 나와 연락을 주고받는 방법밖에는 달리 방법이 없다. 현혹자의 말을 빌려 말하노니, '죽음에 이르도록 충성하라!' 자, 이제 나의 여섯 가지 충고를 연구하고 따르도록 하라!

충성 맹세를 하게 만들어라!

　무언가를 어기게 하려면 일단 그것이 성립되게 해야 한다. 그러므로 최우선 과제는 당신의 목표대상이 무엇인가를 서로 약속하거나 맹세하게 만드는 것이다. 그게 무엇인지는 중요하지 않다. 개인사에서는 사랑, 우정, 충성의 맹세 같은 것이 가능하다. 공적 측면에서도 어려울 것은 없다. 더 대단하고 더 구속력 강한 것을 약속하게 하라. 엄밀히 말해, 모든 종류의 계약은 일종의 신의 서약이다. 인간들이 그들의 의도를 더욱 많이 명문화할수록 우리에게도 더 유리하다. 인간의 심리가 가진 무수한 신비 중 하나가 바로 역설이다. 인간의 마음은 확실성을 원하고 무언가와 결합하길 원한다.

그러나 일단 그 욕구가 충족되고 나면 이런 친밀감을 구속으로 여기고 다시 '자유'를 갈망한다. 작가들과 사상가들은 이런 인간의 변덕을 멋들어진 말로 표현하려고 애썼다. 가슴 속에 '두 개의 영혼이 산다'고 했던 괴테의 파우스트 신화가 딱 그렇다.

우리의 계획은 두 가지 면에서 성공이 보장된다. 첫 번째, 신의를 지켜야 하는 시기가 한정되어 있지 않고 그 맹세가 영원히 유효하다는 것이다. 두 번째, 약속에는 감정적 요소가 포함되어 있다는 것이다. 이런 이유로 맹세는 참 쉽게 깨진다. 감정이란 본래 규칙을 따르지 않으려는 성향을 가지고 있기 때문이다.

한 번은 아무것도 아니다!

인간들은 암흑군주를 상상하기가 어렵기 때문에, 그에게 대항하기 위해 온갖 상상력을 동원해서 이름을 붙이곤 한다. 제일 자주 쓰는 이름 중 하나가 '내 안의 게으름뱅이'이다. 인간의 마음속에 살면서 틈만 나면 제일 편한 길을 택하라고 속삭이는 존재를 발명해낸 것이다. 사실 인간들이 유혹과 타락을 부추기는 이 존재를 가볍게 생각하는 것은 우리에겐 오히려 반가운 일이다. 어쩌면 인간들이 이 '게으름뱅이'가 있는 걸 오히려 즐기는 게 아닌가 싶기도 하다. 자기가 한 약속을 깨는 것도 다 이 게으름뱅이 때문이라고 핑계를 대면 그만이기 때문이다. 그들이 의인화한 가상의 유혹자는 '이번 한번 그랬다고 무조건 나쁜 것은 아니야'라고 속삭인다. '한번쯤은 해도 돼! 다시 신의의 길로 돌아가면 되잖아!' 당신이 이 '게으름뱅이'의 옷을 입고 슬쩍 접근하는 법만 터득한다면 당신의 목표대상은 금세 무장해제될 것이다!

자신에게만 충실할 것!

결국 모든 이는 남남이다. 아니, 우리 어둠의 세력은 그렇지 않다. 우리는 서로 맹세를 주고받은 공동체다. 인간들이 그렇다는 것이다. 현혹자는 아직도 자신의 피조물들이 이타심을 갖고 있다고 믿는다. 하지만 현실은 그렇지 않다. 이웃사랑보다 더 강한 것이 이기주의다. 신의의 문제도 마찬가지다. 인간은 무엇보다도 남이 아닌 자기 자신, 자신의 이상에 충실하고자 한다. 이런 자기충성을 더욱 부추겨서, 그 어떤 충성의 서약보다 자신에게 충실한 것이 더욱 중요하다고 생각하게 만들어라. 인간들에게 잘 먹히는 미사여구를 동원해서 그들의 자기애를 부추겨라. '너 자신만 생각해! 네가 가장 중요하잖아!' 가까운 인간들이 이런 말을 해주면 더욱더 자기 욕구에만 집착하고 신경쓰게 될 것이다.

거짓말을 즐겨라!

하긴 매일같이 인간들이 충성 서약을 깨게 만들 수는 없을 것이다. 그렇더라도 좌절하거나 손 놓고 주저앉아 있지는 말라. 당신은 희망을 가지고 인간들에게 '배신'의 씨앗을 뿌리기만 하면 된다. 어떻게 하냐고? 인간들에게 거짓말로 재미를 보게 만드는 것이다. '떨어지는 물방울이 바위를 뚫는다'고 했다. 사실, 선(善)은 너무나 당연한 것이다. 서로에게 진심으로 대하는 관계는 일종의 성실성을 담보로 한 약속이나 다름없다. 작은 일에 거짓말을 하다 보면 나중에는 중요한 일에서도 약속을 깨게 되고 불성실해지기 쉽다.

아주 교활한 작가인 빌헬름 부시는 거짓말이 얼마나 재미있는 것인지 지적한 바 있다. 나 역시 그 점을 일찌감치 간파했다. 인간은 왜 거짓말을 할까? 거짓말을 해서 이득을 보고, 자기 삶의 질을 높이고, 한동안은 기분까지 밝아지기 때문이다. 맞다, 인간은 진실만 말하고 살도록 스스로에게 의무를 강요한다. 하지만 어떻게 진실만 말하고 살 수 있단 말인가! 거짓말을 하도록 부추기는 것 자체가 인간들을 돕는 길이다. 우습게도, 우리는 현혹자의 교회가 하는 일과 유사한 기능을 수행하기도 한다. 우리가 면죄부를 주는 것이다. 인간들이 양심의 가책 없이 거짓말을 하게 도와주는 것이다.

진실을 향한 압박과 의무에서 벗어나고 싶다면 우리에게 오라! 우리가 너희에게 힘을 주리라. 여기에서는 마음껏 거짓말을 할 수 있으리니!

자극을 아끼지 말라!

배신을 이끌어낼 준비작업을 마쳤다면, 이제 암흑군주께서 우리에게 내려주신 온갖 자극의 레퍼토리를 십분 발휘해도 좋다. 목표로 정한 대상을 실험대상으로 삼고 자극 반응 도표에 맞춰 마음껏 주물러라! 당신에게 모든 게 허락되지만, 그렇다고 모든 시도가 목표한 만큼의 성과를 내는 것은 아니다. 인간은 민감한 동물이라서 자기 앞에 놓여 있는 가능성을 보고도 종종 움츠러들기도 한다. 그래서 되도록 인간의 상상력을 자극하는 것이 필요하다.

외도는 머릿속에서 먼저 시작한다! 꾸준히 미세한 자극을 계속 가하다보면, 당신의 목표대상은 서서히 그러나 확실하게 더 큰 혼란에 발을 들여놓게 될 것이다. 일단 그 인간이 가진 가장 은밀한 욕망을 알아내고 나면, 그의 쾌락에 용의주도하게 불을 지피면 된다. 그러다보면 결국 그 인간은 머릿속 한쪽 구석에 자리 잡고 있던 욕심과 쾌락의 환상이 탈출하도록 허락할 것이다. 바로 그때를 놓치지 말고 그 인간이 갈망했던 것들을 실행할 만한 적절한 상황을 연출해야 한다. 직장인이라면 출장 갔을 때를 이용해야 하고, 그렇지 않은 경우에는 파티나 축제를 기회로 삼아야 한다. 전자의 경우에는 반드시 바가 있는 호텔에 묵게 해야 하고, 후자의 경우에는 아는 인간들의 눈에 띄지 않을 장소나 공간을 잘 선택해야 한다. 그러나 일상에서 우연찮게 스쳐가는 짧고 강렬한 자극도 부정을 저지르게 하는 데 결정적인 기여를 하기도 한다. 그러려면 평소에 시간과 장소를 막론하고 성적 환상을 실천할 만한 자극적인 기회를 계속 주어야 한다. 그럼 어느 순간 당신의 목표대상은 그 일을 감행하게 된다. 혹시나 어느 정도 시간이 지났는데도 자신의 환상이 원했던 방식으로 실현되지 않아서 지치는 기색이 보이면, 즉시 더 강한 자극을 제공하라. 십중팔구 점점 더 헤어 나오기 힘든 쾌락의 소용돌이에 빠져 허우적댈 것이다. '신의' 같은 말이 낯선 용어가 될 때까지 말이다.

부정은 공개해선 안 된다!

때로 인간들은 양심의 가책을 누그러뜨리려 별 희한한 수단을 사용하기도 한다. 자신이 저지른 부정을 고백하고 참회하려는 강한 욕구를 불러일으키는 것이다. 성직자에게 하는 참회는 우리에게 그다지 치명적이지 않다. 성직자는 참회의 내용을 공개해서는 안 된다는 의무를 지켜야 하니까. 위험한 건, 자신이 배신한 바로 그 인간에게 참회하는 경우다!

그런 일이 있을 것 같은 징조가 보이면 최대한 빨리 손을 써야 한다. 당신의 목표대상에게 그가 잘못을 고백할 경우 겪게 될 온갖 난관을 수없이 열거하라. 정신적인 혼란의 순간에 발생했던 부정행위에 대해 일일이 설명해야 한다느니, 배신당한 이의 눈물과 고통을 지켜보고 있어야 한다느니, 후회하는 태도를 보이며 상대에게 충실할 것을 맹세해야 한다느니, 끔찍스러울 만큼 창피한 질의응답 시간을 거쳐야 한다느니 등등. 그러니, 차라리 임금님 귀는 당나귀 귀 식으로 입 꾹 다물고, '정말 다행이야. 아무도 아는 인간이 없으니……' 하고 안심하는 게 낫다고 믿게 하는 것이다.

여담이지만, 비밀의 가치는 단지 우리 어둠의 세력 쪽에서 고안한 상품만은 아니다. 현혹자도 비밀의 긍정적인 면을 종종 이용한다. '비밀을 폭로하는 순간 모든 것은 끝난다.' 현혹자의 책 안에 등장하는 예수 시라크의 말이다. 이 문장만 잘 써먹으면 당신의 목표대상이 스스로 저지른 부정을 비밀로 하도록 잘 구슬리고도 남을 것이다.

항변코너

　'죽을 때까지 성실할 지어다' 현혹자의 이 말은 앞에서도 인용한
바 있다. 안타깝게도 현혹자는 자기 목적을 위해 이 문장을 쓰고 또
쓰는 데 일가견이 있다. 성실한 이들에게 그는 '인생의 왕관'을 약속
할 것이라고 유혹한다. 말도 안 되는 허풍이지만, 워낙 장엄한 이미지
가 강해 많은 인간들이 이 허언에 속아 넘어간다. 신뢰를 지키며 사는
이는 죽어서 복을 누릴 것이라고 현혹자는 감언이설로 홀린다. 바로
이 지점에서 우리도 반격의 여지를 잡아야 한다. 우리는 인간들을 죽
어서가 아니라 살아있는 동안에 행복하게 해줄 수 있단 말이다! '인생
은 결코 비탄의 골짜기일 이유가 없다. 너 스스로 옭아맨 충성서약의
족쇄를 푸는 순간, 지금 여기에서의 행복을 보장받으리니!' 우리의 이
무한정 통 큰 약속을 즉각 모든 인간들이 받아들이지 않는 이유는, 꼭
우리 잘못만은 아니다. 현혹자의 무기가 강력하기 때문이다. 그중 가
장 강력한 무기는 용서와 자유다!

용서

　우리가 죄를 지은 인간들에게 허락하는 용서의 종류는 빠르고
효과적이지만, 그 효과는 별로 오래 지속되지 않는다. 우리 무리에 받

아들여졌다는 근본적인 느낌을 유지시켜주려면(특히 이제 막 암흑군주 쪽으로 개종한 이들에게는) 정기적으로 용서를 상기시켜주는 것이 필요하다. 아주 힘들지도 않지만, 그렇다고 쉽지도 않은 문제이다. 우리가 점찍은 인간들이 우리 눈에서 벗어나 살아가는 잠깐의 시간 동안, 현혹자의 유혹에 노출되는 일이 많기 때문이다. 그것 역시 당신이 과소평가해서는 안 되는 위험이다.

현혹자는 어떻게든 신자들을 강력하게 조종하려고 한다. 그는 부정을 저지른 자가 고백하고 참회하면, 영원한 용서가 허락된다고 말한다. 그래봤자 현혹자의 능력을 넘어서는 일이지만, 안타깝게도 인간들은 그 말을 믿는다. 양심이 무거우면 무거울수록, 이 가련하기 짝이 없는 피조물들은 그런 달콤한 말에 속아 넘어간다. 당신이 할 일은 뻔하다. 인간들을 예의주시하고, 그들의 양심이 너무 심각하게 가책에 시달리는 듯하면 즉시 손을 써라. 쉼 없이 다양한 부정을 저지르게 하고, 삶 전체가 아예 부정으로 얼룩지게 만들어라. 결정적인 순간에 현혹자를 떠올리기라도 한다면, 현혹자가 얼마나 가혹한지 일깨워주고 의심을 품게 하라. 현혹자의 책에는 그가 부정 때문에 인간을 벌한 무수한 사례가 실려 있으니 그것을 십분 활용하라!

자유

사실 나조차도 가끔, 현혹자의 책에 실린 몇몇 문장들은 굉장히 이성적이어서 놀랄 때가 있다. '형제들아, 너희가 자유를 위하여 부르심을 입었도다!' 아마 우리 암흑군주께서도 이보다 더 적절한 표현은 고르지는 못했으리라 생각된다. 구구절절 맞는 말이다. 인간이라면 자유를 만끽해야 한다. 인간이라면 하고 싶은 일을 내키는 대로, 손해 볼까 걱정하거나 타인을 신경 쓰지 않고 마음껏 해야 옳다. 어떤 이들에겐 자유가 너무 벅차게 느껴진다. 자유가 더 이상 해방이 아니라 방향상실로 느껴지는 그런 경우 말이다. 형을 마치고 막 풀려난 죄수를 보라. 감옥 문을 막 나서자마자, 어디로 가야 할지 몰라 길 잃은 심정이 된다. 그래서 새롭게 주어진 자유를 어떻게 누려야 할지 몰라 온갖 자극과 유혹에 휩쓸린다.

이제 막 도덕률이나 고귀한 법칙에 지배받던 인생에서 풀려 우리 세력의 가치관으로 눈을 돌린 인간들도 비슷한 증상을 보인다. 갑자기 얻은 자유가 너무 부담스럽게 느껴진 나머지, 어딘가에 매이고 싶어진다. 인간이나 현혹자 같은 존재에게 말이다. 그러다 앞서 인용한 구절 다음 문장을 계속해서 읽는 일이 생길 수도 있다. 그 다음 문장은 '그러나 그 자유로 육체의 기회를 삼지 말고, 오직 사랑으로 서로 종노릇하라' 라고 말하고 있다. 이런 편협한 지침을 읽고 감화되어서 그 말을 따르고 싶어질 수도 있다. 다만, 인간의 마음은 생각하되, 암흑군주는 조종한다. 달리 말해, 당신이 그의 명을 받아 조종해야 하는 것이다. 방황하는 이에게 틈날 때마다, 자유에 대한 충성만이 삶에 의미를 부여한다고 설득하라. 방향을 잡으려고 고군분투하는 모습이 보이면 부지런히 쾌락과 정욕의 절정을 맛보게 하라. 그것에 만족한 인간들은 결국 현혹자의 마수에 걸려들지 않고 무사히 빠져나올 수 있을 것이다.

악마의 추천

 빅토르 추, 〈어려운 기술―상대방에게 충실하기. 왜 우리는 사랑하는 이를 배신하는가〉, 2008년, 뮌헨

심리학자들은 신학자들보다 더 위험하다. 솜씨 좋은 심리학자들은 인간들에게 이래라저래라 강요하지 않는다. 손가락을 치켜들고 가리키거나 도덕의 몽둥이로 내려치지도 않는다. 그저 이런저런 맥락을 설명하고, 인간들이 어떻게 하면 다르게 행동할 수 있는지 방법을 제시할 뿐이다. '신의와 정조'라는 주제를 들고 나온 빅토르 추는, 세상모든 불성실한 이들의 이해자로 자처한다. 내가 본받고 싶을 만큼 샘나는 그의 기본 태도는 명확하다. 추는, 존중, 용서, 이해로 부정을 극복할 수 있다고 역설한다. 그리고 신의와 정조가 인간이 충분히 배워서 터득할 수 있는 하나의 기술인 것처럼 말한다. 그러니 당신 역시 인간들을 부정의 길로 유혹하기 위해 더욱 기술을 연마해야 할 것이다!

 존 업다이크, 〈시골생활〉, 라인벡, 2006년

나는 나이 든 작가들을 제일 좋아한다. 존 업다이크가 그런 예다. 그가 쓴 책에는 대개 외도가 어쩔 수 없는 필연으로 묘사된다.

그중 제일 멋들어진 것이 '시골생활'로, 여기서는 수없이 바람을 피우고 외도를 일삼는 은퇴한 노인의 삶이 묘사된다. 결혼생활의 파괴를 멋들어진 우울모드와 가치중립적인 색깔로 묘사한 이 책이야말로 악마의 도서관에 반드시 꽂혀 있어야 할 필독서다.

 볼프강 페트리, '미치겠어'
부정은 우리 편에서 보면 꽤 긍정적인 면이 넘쳐난다. 우선, 부정을 일삼는 이는 남은 물론이고 자기 자신 역시 믿지 못한다. 동시에, 자기가 배신한 인간도 파멸의 길로 이끈다. 독일의 대중가수 볼프강 페트리는 이런 상황을 꽤 근사하게 묘사했다. '미치겠어. 왜 너는 나를 지옥으로 몰아가니?' 자기 아내가 방금 막 다른 남자와 있었다는 걸 알게 된 남편이 내뱉는 말이다. 끝내주는 건, 청중들이 이 노래를 들을 때, '지옥, 지옥, 지옥' 하면서 열심히 따라 부를 것이라는 점이다. 이 멋진 말을 각인시키는 데는 정말 끝내주는 방법이 아니고 무엇이겠는가!

 '범죄와 비행', 미국, 1989년.
해피엔딩인 영화만 보면 소름이 쫙쫙 돋는다. 영화의 말미에 주인공들이 서로를 껴안고 행복하게 황혼 속을 걸어가는 그런 장면 말이다. 반면, 이 영화만큼은 제대로 내 취향이다. 심지어 영화감독 우디 앨런은 '신의 충성스러운 반대편(Gottes loyale Opposition)'이라고 자처했다는데, 내가 보기엔 우리 쪽을 위해 일하는 인간 같다. 이 영화를 직접 보면 내가 왜 이렇게 이 인간을 좋아하는지 이해가 될 것이다. 핵심은 이렇다. 주다 로젠탈이라는 명망 높은 안과의사가 있다. 그는 겉으로 보기에는 행복한 결혼생활을 영위하지만, 실제로는 매우 오랫동안 돌로레스라는 내연녀와 불륜관계를 지속한다. 그러다 돌로레스가 그에게 그들의 관계를 아내에게 알리겠다고 협박하자, 주다는 킬러를 고용해 그녀를 살해한다. 양심의 가책 따위는 금세 사라지고, 결국 살인범도 밝혀지지 않은 채 주다 로젠탈은 아무 걱정 없이 잘 산다. '그게 해피엔딩이지 뭐요'라고 말하겠지만, 잘 생각해보라. 해피엔딩이 맞지만, 정의가 없는 해피엔딩이다. 강한 자, 악한 자가 승리한, 정의는 결코 구현되지 않는 그런 결말인 것이다.

희망의 언어

이른바 정조라는 것은 종종 상상력 부재에 지나지 않는다.

- 아널드 멘델스존

정조란, 정신활동의 결과로 나타나는 감정활동에 대한 무능력의 인정일 뿐이다.

- 오스카 와일드

어째서 남편보다 애인에게 더 정조를 지켜야 하나?

- 장 자크 루소

정조를 지키는 이는 사랑의 상투적인 면만 경험할 뿐이다. 부정을 저지르는 이만이 사랑의 비극을 안다.

- 오스카 와일드

최고의 남자는 가끔 거짓말을 해야 한다. 그리고 종종 기꺼이 거짓말을 해야 한다.

- 빌헬름 부시

거짓말을 못하는 인간은 무엇이 진실인지 모른다.

- 프리드리히 니체

제4강 신앙에 대해서

신앙을 무기로 만드는 법

주제 소개

친애하는 악마 견습생들이여, 신앙은 대체로 과대평가받는 경향이 있다. 당신 역시 이번 강좌가 제일 중요한 교육내용을 다루는 핵심 강의라고 생각할 법하다. 미안하지만 틀렸다. 신앙은 현혹자와 그의 하늘군단의 세력을 억누르고 견제하는 수많은 국지전 중 하나에 불과하다. 신앙이 특별한 것은 그것이 가진 힘 때문이 아니다. 힘이라면 돈이나 섹스에 대한 욕망이 신앙의 힘을 훨씬 넘어서고도 남는다. 신앙을 공략하기 까다로운 이유는 그것의 흡인력과 불굴성 때문이다. 그렇더라도 몇 가지 트릭을 잘만 쓰면 철옹성 같은 신앙 역시 무너뜨릴 수 있다.

어쩌면 당신은 지금 두근거리는 심정으로 기독교 신자들이 딛고 선 지반을 뒤흔들어 결국 불신지옥으로 구원하고 현혹자에게서 등을 돌리도록 만드는 조언을 기대할지도 모른다. 그러나 이 기대 역시 나는 채워주지 못한다. 아무리 인간에게 신을 부정하게 만들고 신앙이 환상에 불과하다는 걸 깨닫게 한다 해도 우리에게는 도움 될 것이 없다. 오히려 반대의 상황이 우리의 목적에는 유리하다. 우리에게 위험한 신앙은, 인간들을 현혹자 곁에 딱 달라붙어 있게 만드는 그런 믿음이다. 그것을 뒤집는 처방전은 단 하나, '근본주의 신앙' 뿐이다. 알겠는가? 현혹자에게 대항하되, 그가 가진 창끝을 거꾸로 돌리게 만드는 것이다!

좀 헷갈릴지도 모르겠다. 그러니 좀 더 설명을 하겠다. 신자들은 가끔 현혹자의 뻔한 허언을 철석같이 믿는다. 그래봤자 알맹이는 '결국 모든 것이 잘 되리라' 라고 하는 말장난에 지나지 않는데 말이다. 어쨌든 이 말만 믿고 현혹자의 십계명을 부지런히 따른다. 이웃을 사랑하고, 주어진 규범을 함부로 넘어서지 않으려고 노력한다. 이런 형태의 신앙은 우리 어둠의 동지들을 힘들게 한다. 우리 목표는 조화가 아니라 혼란이기 때문이다! 그리하여 우리 암흑군주께서는 무한한 자비를 베풀어, '신앙'의 각별한 변종을 창조해내셨다. 인간들에게 그어떤 영광스러운 미래도 제시하지 않는 그런 신앙을 말이다. 두려움이 있는 곳에 길이 있을지어다! 이것이 우리 모토다. 이 길의 끝에는 활짝 팔을 벌린 구원자의 품 같은 것은 없다. 이런 신앙에서 현혹자는 그저 선과 악을 가리는 냉엄한 판관일 뿐이다. 천국 아니면 지옥 두 가지만 있을 뿐!

몇 가지 편법만 잘 쓰면 현혹자의 '환희로운' 메시지를, 판결 여부도 모르는 위협적인 형법재판소로 변질시킬 수 있다. 예상 외로 많은 인간들이 이런 변형에 아주 강한 양성반응을 보인다. 무서워서 소름이 돋으면서도 일종의 쾌감을 느끼는 게 아닌가 싶다. 바로 이런 감정이 우리에게는 물레방아를 돌리는 원동력이요, 동시에 신자들이 현혹자의 영향권에서 이미 벗어났다는 것을 암시한다.

암흑군주의 전략이 얼마나 효과적인지, 교회에서조차 그것을 도입해서 사용할 정도다. 맞다. 현혹자의 가르침을 세상에 그 누구보다도 잘 알려야 할 조직이 말이다. 대개 우리는 이런 전략을 꿰뚫어보지 못하게 적당히 연막작전을 펴왔지만, 단 한 번 성공하지 못한 경우가 있었다. 그리고 이 실패의 여파는 아직까지 우리에게 적잖은 타격을 남겼다. 현혹자를 믿으며 삶의 질곡마저 문학으로 승화시킨 러시아 문학가 표도르 미하일로비치 도스토예프스키란 작자는, 약 130년 전 자신의 기념비적인 작품 〈카라마조프의 형제들〉에서 우리의 정체를 폭로하기에 이르렀다.

도스토예프스키는 '대심문관'이라는 인물을 통해, 교회가 사실 현혹자나 그의 아들 예수 그리스도와는 아무 상관이 없다는 걸 만천하에 알린다. 지상에 돌아온 예수와 대심문관의 대화는 아직도 수많은 인간들의 마음을 뒤흔든다. 도스토예프스키가 나이 든 성직자의 입을 빌려 하게 하는 이야기는 그대로 따서 우리 쪽에서 써도 될 만큼 정확하다. '인간은 자유로우면 끈질기고 혹독한 근심에 괴롭힘을 당하지. 서둘러 엎드려 애걸할 수 있는 누군가를 찾아야 한다는 근심 말야.' 대심문관은 예수에게 이렇게 선언한다. 그에 덧붙여 추기경 역시 그것을 인간들에게 제공하는 것이 곧 교회라면서, 한편으로는 우월감에 가득 차 이렇게 실토한다. '우리는 네가 저지른 잘못을 바로잡은 거야.' 예수처럼 자유와 사랑을 후원하기는커녕 맹목적인 복종을 강요하고 대신 신앙의 신비와 죄 사함을 제공한다는 것이다.

대심문관은 예수에게 훈계하며 이렇게 선언한다. '맹세컨대, 인간은 네가 생각하는 것보다 더 약하고 더 비천한 존재로 만들어졌어!(……) 내일 내 손짓 하나만으로도 우르르 달려들어, 내가 너를 화형시킬 장작더미의 석탄불을 지피는 패거리를 목격하게 될 거다. 너는 우리를 방해하러 온 것 아닌가. 우리가 만든 화형장에 올라서야 할 이를 고른다면 그건 바로 너다. 내일 나는 너를 화형시키리라.'

예수를 화형한다는 건 너무나 뻔한 일일지도 모른다. 그러나 도스토예프스키는 이 방향을 제대로 인지하고 탁월하게 묘사했다. 당연히 예수는 거추장스러운 존재다. 우리에게 뿐만 아니라 교회에게도 마찬가지다. 다만 이 러시아인은 왜 이 사실을 그토록 명명백백하게 만천하에 꼭 알려야만 했느냐 말이다!

유혹의 기술

    학자들은 종교가 세계평화에 기여하는 바가 결코 평가절하해서는 안 될 만큼 크다고 말한다. 세계가 지구촌이라는 말처럼 작아진 이래, 어느 곳의 누구든 쉽게 만날 수 있고 이방인의 종교와 신앙을 존중해야 할 시대가 되었다. '세계평화?' '존중?' 들을수록 기가 막힌 말들이다. 백 번 양보해서 우리가 세상사에 관여하지 않고, 완전히 현혹자 손에 넘겨주었다고 치자. 그래도 결코 평화는 오지 않는다. 우리 암흑군주에게는 다행스러운 일이지만, 현혹자는 인간들에게 같은 생각을 심어주는 일에 성공하지 못했다. 하다못해 현혹자를 믿는 방식과 기도하는 방법이라도 한 가지로 통일되었다면 얼마나 좋았을까! 하지만 그렇다 해도 세계평화 따위는 상상조차 못할 일일 것이다!

    어쨌든 세상에는 태초의 신앙의 늪에서 갈려나온 수많은 종교의식과 경배형태가 공존하는 것은 물론이고 현혹자의 이름조차 가지각색이다. 더구나 더는 서로 합의가 안 될 만큼 사이가 벌어져버린 종교도 많다. 서양만 보아도 그렇다. 아예 기독교부터 가톨릭과 개신교로 갈린 데다 수많은 작은 개척교회까지 난립한다. 더구나 유대교인들이나 무슬림들은 기독교인들과 그럭저럭 양보하며 살아간다. 대개는 이들 사이가 평화롭게 흘러간다. 하지만 가끔씩 분위기가 험악해지고 영적 아드레날린 분비가 어느 선 이상으로 끓어 넘칠 때가 있다. 예컨대 현혹자를 하나님이라고 부를지 알라라고 부를지 문제 삼을 때가 그렇다. 현혹자의 성스러운 책을 성경이라고 할지 코란이라고 할지도 갑론을박의 대상이다. 다른 종교를 믿는 신자와 함께 현혹자를 향해 기도를 올려도 좋을지도 문제의 원인이 된다.

하늘에 있는 '그'가 인간들의 이런 '내가 만든 게 제일 예뻐!' 식의 쪼잔하고 유치한 어린애 싸움을 얼마나 절망적으로 바라볼지 상상이 되고도 남는다. 하지만 관용(톨레랑스)이라는 미덕을 신앙의 성과물로 고안해낸 것은 인정해줄 만하다. 그렇더라도 우리 역시 '그'의 삶을 더욱 힘겹게 만들 수 있다. 바로, 그를 믿는 신자들을 다음의 네 가지 유형으로 변형시켜버리면 된다.

독선가

특징 : 독선가들은 말 그대로 '신'의 계명을 자로 잰 듯 엄격하게 따르며 교리에 나오는 문자 하나하나에 매달리는 유형이다. 이들은 신앙을 고작 교리 문구 안에 가둬두고 그 안에서 흡족함을 찾는다. 강박과 오만으로 똘똘 뭉친 이들 독선가들이야말로 주변인간들이 대하기 힘든 타입 중 하나다. 실제로 이들은 현혹자를 문장 안에 꼭꼭 눌러놓고 그것을 신앙의 잣대로 삼는 것을 소명이라고 생각한다. 특히, 현혹자의 책에 실린 신앙고백들만으로 만족하지 않고 다른 내용들을 가져다 살을 붙일 때는 더 가관이다. 이 유형들이 가장 자주 관찰되는 곳은 바로 바티칸이다. 수백 년 동안 역대 교황들은 자신들이

옳다고 여기는 잡동사니들을 '도그마' 랍시고 열심히 떠들어댔다. 성모 마리아가 예수를 '동정녀'로서 잉태했다는 둥, 마리아가 죽은 뒤에 하늘로 승천했다는 둥, 교황 자신이 지상에서 신의 대변자라는 둥, 그래서 그가 하는 말씀에 '틀림이 없다'는 둥.

변형과정 : 다른 유형과 마찬가지로 독선가가 되는 데는 특정한 성향이 존재한다. 당신의 목표대상이 과하게 질서를 사랑하는 경우라면 성공 가능성을 높게 점칠 수 있다. 특히 무언가를 수집하길 좋아하고 법률에 지대한 관심이 있는 인간은 아주 탁월한 독선가로 만들 수 있다. 이런 인간들에게 로마가톨릭교회의 교리문답서를 들이미는 것도 독선가 경력을 시작하기에 괜찮은 출발점이 될 것이다. 생각해보라. 세세하고 말끔하게 단락을 나누어 정리한 천여 페이지의 기독교 신앙이라니! 살면서 생기는 어떤 상황에서도 소위 성령의 답변을 찾을 수 있을 정도다!

우리의 이득 : 독선가가 되는 순간 진심으로 현혹자에 대한 관심은 사라지고 만다.

도덕가

특징 : 도덕가들은 기도하기 위해 두 손을 모으는 일이 거의 없다. 손을 모으면 손가락을 높이 치켜들고 훈계하기 힘들기 때문이다. 손가락은 이들에게 가장 중요한 자기주장의 도구다. 선한 행동을 설교하고, 관습과 품위를 유지할 것을 요구한다. 그게 뭔지는 당연히 성서에는 나오지 않는다. 이들이 처한 환경에 따라 매번 달라지는 도덕

관념에 따라 기준도 달라진다. 특히 이들이 선호하는 영역은 결혼과 성이지만, 때로는 옷이나 신체 위생에 이르는 시시콜콜한 것까지 건드리는 범위가 확장된다. 예수가 씻지도 않은 채로 갈릴리를 누볐다는 자체만으로도 굉장한 거북함을 불러일으킨다. 하물며 예수가 어쩌면 전직 창녀였던 마리아 막달레나와 혼외관계를 가졌을 수도 있다는 상상은 어떻겠는가.

변형과정 : 신자들 앞에서 사회가 잃어버린 '가치'에 대해 떠들고, 신앙의 모범이 참으로 부족하다고 탄식을 흘려라! 정조, 미덕, 진정성이 얼마나 고귀한지 너스레를 떨어라. 도덕적인 성향이 강한 인간들은 금세 당신 주위에 모여들고 연신 고개를 끄덕일 것이다. 그들에게 예수가 도덕적인 인간이었다고 강조하는 것이 핵심이다. 산상수훈을 읽어주거나, 손가락을 치켜들고 자신을 둘러싼 청년들 가운데 앉아있는 19세기 예수 그림을 보여주면 성공률은 높아진다.

우리의 이득 : 선악과 허용 및 금지의 시각을 현혹자와 연결하는 인간은 현혹자부터 밥맛없는 도덕 전도사로 전락시켜버린다.

근본주의자

특징 : 근본주의자들은 결코 양보할 수 없는 신앙의 원칙이 존재한다고 믿는 자들이다. 성배를 지키는 파수꾼처럼 혹시나 해로운 영향이 어디선가 흘러들까 노심초사하며 원칙을 사수한다. (다른 종교는 일단 논외로 치고) 기독교만 놓고 보자면, 이들의 활동은 주로 현혹자의 책을 문자 그대로, 액면 그대로 해석하기(성서가 중층의 의미를 지닌 책이라는 점

을 고려할 땐 상당히 설득력이 떨어지는 얘기다), 낙태와 동성애, 그리고 무섭기 그지없는 유럽의 이슬람화를 결사반대하는 것으로 나타난다.

변형과정 : 어떤 인간을 근본주의자로 만들려면 과장된 안전의식에 호소해야 한다. 변화와 이방인에 대한 두려움 역시 근본주의자를 키우는 양분이다. 그런 감정들을 부추기는 건 의외로 쉽다. '옛날엔 참 좋았는데.' 정도의 표현으로 말문을 트면 금상첨화다. 그런 다음 용의주도하게 전체 인구에서 무슬림이 차지하는 비율이나 출산율 저하 때문에 본래의 '우리 민족'은 남아나지 않는다는 등의 얘기를 입에 올리는 것이다. 그렇게 분위기를 띄운 다음, 제대로 근본주의 원칙을 실천하는 교회를 추천하라. 광신도라면 여기에서 단번에 자기 자리를 찾을 것이다. 거기에서 그가 가졌던 두려움과 불안에 대해 '독실한' 반응들이 봇물처럼 쏟아질 것이다.

우리의 이득 : 근본주의자들은 현혹자과 결코 가까워질 수 없는 관계에 있다. 현혹자는 경계를 새로 긋기보다는 있는 경계조차 뛰어넘을 의지를 가졌기 때문이다.

전도사

특징 : 전도사 타입의 인간은 남을 교묘하게 조종하려 들고 자기애가 강하다. 남들이 개인사, 예컨대 신앙 같은 중요한 문제를 결정할 때 자기 말을 듣고 마음을 정한다는 사실만으로도 이들 전도사 타입이 갖는 자부심은 하늘을 찌를 듯 높아진다. 틈날 때마다 실적을 저울질해 보이며, 그것을 현혹자의 공으로 돌린다. 논리인 즉, 자신은 그

저 신의 도구에 불과하다는 얘기인데, 뻐기는 면도 있지만 반쯤 진심도 담겨있다. 그러나 자세히 관찰하면, 전도사업이 한번씩 성공할 때마다 점점 더 위세가 늘어가는 모습이 목격된다.

변형과정 : 전도사를 만들려면 우선, 신앙에 만족한 채로 평범하게 사는 인간을 골라라. 종교적 관점에서 유난을 떨지는 않지만 의식적으로 종교생활을 하는 그런 인간 말이다. 혹여 이 인간이 현혹자의 책을 읽기라도 한다면 마태복음 후반부를 주의 깊게 읽도록 유도하라. '가서 모든 백성을 제자로 삼으라' 란 글이 거기 있다. 예수는 그 어떤 성경구절보다 이런 종류의 신앙활동에 가장 큰 역점을 두었다. 신앙에는 자기만족이 존재하지 않는다. 현혹자는 늘 전도의 사명을 요구한다. 당신이 점찍은 전도사 유형의 인간은, 자신의 성향에 따라 크든 적든 용기를 내어 기독교 신앙에 마음을 열게 하기 위해 남들에게 다가갈 것이다. 초기에는, 자신이 보기에 '제대로 믿지 않는' 다른 신자들을 공략해본다. 그러다 일이 손에 익으면 아예 무신론자들과 다른 종교 교인들로 작업 대상을 넓힌다. 젊은 인간이라면 이른바 성경학교로 보내서, 가슴 가득 전도의 열정을 띠고 예멘이나 그 밖의 험악한 이슬람 근거지로 해외 투입될 준비를 하게 만든다.

우리의 이득 : 암흑군주께서는 두 가지 측면에서 전도하러 다니는 기독교인들이 주는 이득을 챙긴다. 이들은 남의 신앙과 행복에는 시선을 고정하면서 자신의 신앙생활은 더 이상 돌볼 여력이 없다. 더구나, 인간들은 워낙 편협하게 강요하고 들이대는 것이 싫어서 전도사들의 말에 설득되기보다는 놀라서 멀찌감치 도망가는 일이 흔하다.

위에 언급한 네 가지 유형에 초점을 맞추고 작업할 것을 다시 한 번 강조한다. 이들 중 최고를 가려내어 살살 건드려라. 현혹자가 화가 나서 으르렁거리는 소리를 들을지도 모른다. 헬(hell)렐루야!

항변코너

　　현혹자의 인내심에는 한계가 있다. 그가 아껴마지 않는 인간들을 다시 믿음의 길로 되찾아오기 위해 어떤 수단이라도 동원할 것이 뻔하다. 이를 위한 전략을 현혹자의 책에 공개해둔 것은 그냥 생각이 없어서 그런 것일까, 아니면 승리를 확신하기 때문일까? 특히 '시험에 든 예수' 이야기는 어쩌면 후세의 신자들에게 교훈을 주려고 일부러 갖다 놨다는 생각도 든다. 아마 당시 요르단 계곡 너머의 사막에서 있었던 일은 일종의 쇼 같은 것이었으리라. 결투 참가자는 현혹자의 아들 예수, 그리고 우리 암흑군주 루시퍼였다. 잘만 됐으면 그때 우리가 이 세상을 접수할 수 있었을지도 모르는데. 안타깝게도 일이 어그러졌다.

　　그렇더라도 이 대결에서는 여러 가지 배울 점이 있다. 잘 아는 얘기겠지만 한번 더 여기서 이야기를 정리해보자. 예수는 당시 마흔 날, 마흔 밤을 사막에서 보냈다. 완전히 혼자서. 찌르고 탈 듯한 더위, 어딜 가도 그늘 하나 없고, 먹을 것도 없으며 마실 물도 있으나 마나였다. 그때 루시퍼가 나타나 말을 걸었다. '넌 여호와의 아들이니까, 이 돌덩이를 빵으로 만들면 되잖아.' 배가 고파 죽을 지경이었지만 예수는 기적을 일으키지 않고 그저 성경에 나오는 한 구절을 읊었다.

'인간은 빵만으로 살 수 없고 주의 입에서 나오는 말씀으로 산다.' 이 정도면 가히 잘난 척의 종결자다! 손가락 한번만 딱 튕기면 먹고 마실 것이 나왔을 텐데. 무슨 수를 쓰더라도 자기만은 특별한 존재라는 것을 부각시키고 싶었나 보다!

상황은 점점 황당해진다. 루시퍼는 시공을 초월하여 예수를 예루살렘의 사원 지붕 위로 끌어올린다. 그리곤 다시 도전장을 내민다. '여호와의 아들아, 여기서 떨어져보지 그래!' 그래봤자 아무 일도 일어나지 않을 게 뻔하다. 시편 91장에도 있듯 항상 수호천사가 그를 지켜주니까 말이야! 그런데 예수는 이번에도 냉정을 유지하면서 또 한마디를 내뱉는다. '너는 네 주를 시험해선 안 되느니라.' 예수가 예루살렘 하늘 위를 훨훨 날아다녔다면, 우리한텐 끝내주는 한 판 승리였을 텐데! 인간들이 예수를 슈퍼맨이니, 구루니, 초인이니 하며 떠받들었을 텐데. 다 아니다. 그냥 묵묵히 서서 자기 믿음을 증명할 의무가 없다고 버텼다. 현혹자의 계명을 완벽하게 내면화했던 것이다.

실망이 대단했지만, 그렇다고 완전히 희망의 끈을 놓지 않은 루시퍼는 예수를 데리고 다시 세상이 내려다보이는 큰 산으로 올라간다. 거기서 루시퍼는 '지금 몸을 던지고 내게 기도한다면 모든 것을 너에게 주겠다'고 약속한다. 위험부담도 크고 그 속이 뻔히 들여다보이는 제안이었다. 지금까지는 그래도 조용하게 냉정을 유지했던 예수가, 더는 루시퍼에게 적당한 거리를 지키며 존중하는 태도를 보이기를 포기한 듯했다. 그리고 우리 암흑군주를 향해 호통을 쳤다. '꺼져라 사탄아! 너의 주 하나님께 기도하고 오직 그분께만 헌신하라!'고 우리에게 훈계를 했다. 루시퍼는 도무지 가망이 없다는 걸 깨달았다. 이 자는 도무지 공략 불가인 것이다. 적잖이 풀이 죽어 그는 자리를 떠났다. 방랑하는 설교자 예수의 신앙은 쉽게 무너뜨릴 수 있는 대상이 아니었다.

우리 역시 인간들의 믿음을 시험에 들게 할 때면 비슷한 실망의 순간을 경험한다. 악마 견습생들이여, 예수가 보인 것과 비슷한 강도의 저항을 우리 역시 맞을 수 있다. 간혹 우리가 던지는 도전에 면역이 되어 꿈쩍도 않는 신자들이 있다. 자신의 평상심을 잃지 않는 훈련이 된 것이다. 현혹자가 그들 안에 심어둔 씨앗이 자라, 누구도 함부로 넘을 수 없는 우거진 숲이 되었기 때문이다.

당신은 이런 경우 어떻게 해야 하냐고 묻겠지만, 나 역시 방도를 모르는 건 마찬가지다. 루시퍼가 아무런 소득 없이 빈손으로 물러나야 했던 판국에 우리가 더 무슨 수를 쓸 수 있겠는가. 현혹자가 지어 놓은 신앙의 요새가 도무지 난공불락인 경우가 안타깝지만 있다. 그렇더라도 일제사격을 멈춰서는 안 된다. 현혹자의 성벽에서 돌 하나라도 떨어져 나온다면 그만큼 그것을 뚫을 가능성은 높아진다. 나는 꾸준히 공격하고 쉼 없이 두드리다보면 언젠가는 그 높고 두꺼운 성벽도 반드시 무너질 것이라는 희망의 끈을 놓지 않을 것이다.

그렇다면 어디에 우리의 무기가 있을까? 앞서 말한 '시험에 든 예수' 편을 잘 보면 귀중한 힌트가 있다. 예수는 오직 말로만 반응을 보였다. 그러니 그의 말에 대해 우리도 답변을 준비하면 된다. 성경말씀이 성경말씀을 배반하게 만들면 되는 것이다. 우리의 목표는 혼란이다. 하나님이 얼마나 혹독한 폭군인지 혹은 평화가 아니라 투쟁에 대해서 역설하는지 보여주는 무시무시한 대목을 골라 놓아라. 기독교 신자가 던지는 성경 구절 하나에도 결코 그냥 넘어가지 말고, 일일이 캐묻고 토를 달고, 따져라. 그 싸움에서 실탄이 떨어지지 않도록 적보다 더 자세히 성경을 뒤지고 달달 외워야 한다. 현혹자의 아들도 '나는 평화를 위해 온 것이 아니라 검을 위해 왔나니.' 라고 말하고 있다. 그를 본받아, '주의 말씀'을 당신의 무기로 만들어라!

악마의 추천

책 우베 비른슈타인, 〈성경에서 발견한 최고의 이야기들〉, 2010

성경은 문학사상 가장 지루한 책이다. 성경은 읽을 것이 아니라 기껏해야 책장에 세워놓고 먼지가 쌓이도록 두어야 한다. 그럼에도 불구하고 '성서'에서 흥미로운 이야기를 찾아내려고 하는 인간들이 꼭 있다. 정말 끈질긴 인간들이다. 당신의 목표대상은 이런 책들에 접근해서는 절대 안 된다. 그렇게 되면 책장에서 성경책을 꺼내 먼지를 털고 펼쳐볼 수 있기 때문이다.

책 클라우디아 슈라이버, 〈그녀를 항상 따라다니는⋯⋯〉, 뮌헨 2007

아마도 기독교의 근본주의적 신앙이 현혹자의 유혹에 대응하는 가장 좋은 수단일 것이라고 나는 이미 언급한 바 있다. 이 소설은 이런 편협한 종교관에서 벗어난 한 여자의 이야기를 하고 있다. 이를 통해 당신은 아마도 너무 압박하면 오히려 목적을 이룰 수 없다는 사실을 배우게 될 것이다. 집단에 속한 인간들에게 항상 개인적인 자유를 느낄 수 있는 부분을 조금은 허락하는 것이 필요하다. 그렇지 않으면 그들은 그룹에서 나가고 우리의 영향에서도 벗어나게 될 것이다.

롤링 스톤즈, '악마를 위한 심포니'

이 노래를 핸드폰 컬러링으로 할 것을 강력히 추천한다. 이처럼 악마를 위한 심포니를 멋들어지게 표현한 다른 노래가 또 있는가? 믹 재거는 정말 위대하다. 그는 항상 악마 군주 자리의 물망에 오르곤 한다.

 '루터', 독일/미국 2003

이런 위험에 대해서는 항상 무장태세를 갖춰야 한다. 한 인간의 에너지와 새로운 인식과 열정에서 시작해서 현혹자의 작품에 새 생명을 불어넣는 대중적인 운동이 일어나게 되는 경우이다. 마틴 루터는 그런 인간 중 하나였다. 평범한 수도사였던 그는 '하나님'을 매우 중요하게 생각했고, 그 결과 약 500년 전에 교회 전체를 완전히 바꿔놓았다. 그래서 우리는 그런 상태를 다시 예전으로 되돌려놓느라 엄청 힘들었다. 부끄럽게도 우리의 선조들은 당시 그 임무를 완수하지 못했다. 마틴 루터의 이야기를 통해 당신도 배울 것이 있을 것이다. 그러니 이 영화를 한번 보라.

희망의 언어들

우리의 마음을 바꿔놓으려는 악마의 최고 간계는, 바로 악마가 존재하지 않는다는 것이다.

- 샤를 보들레르

신의 말씀은 잘 들린다. 오직 내겐 믿음이 없을 뿐.

- 요한 볼프강 폰 괴테

인간들은 자기가 원하는 것만 믿는다.

- 가이우스 율리우스 카이사르

'믿음' 이란 무엇이 진실인지 알고 싶지 않음을 뜻한다.

- 프리드리히 니체

무엇이 우리를 구원할 것인가? 신앙? 나는 신앙 따위는 갖지 않을 것이며 구원 받음에 달리 가치를 두고 싶지 않다.

- 윌 르나르

도덕은 항상 아름다움을 이해하지 못하는 이들의 마지막 피난처다.

- 오스카 와일드

제5강 공동생활에 대해서

목표대상을 괴팍한 외톨이로 만드는 법

주제 소개

현혹자들이 매우 잘한 것이 한 가지 있다. 인간을 본래 외톨이로 창조했다는 것이다. 아담은 에덴동산을 혼자 독차지했었다. 그는 파트너나 친구에게 자신을 맞출 필요도 없었고, 아이의 울음소리나 구걸하는 인간 때문에 인상을 쓸 필요도 없었고, 불청객이 찾아와 괴로울 일도 없었고, 스몰 토크나 관계를 유지하기 위한 대화를 할 필요도 없었다. 지상낙원이 따로 없지 않은가! 이처럼 '혼자인 것'은 창조의 프로그램에 속한다. 아담이 원하지도 않았는데 그의 옆에 '여자'를 데려다 놓은 것은 아마도 현혹자의 낭만적인 기분 때문이거나 또는 그들 자신의 욕구를 반영한 것이리라.

이브의 존재는 아담에게는 부담이 되었다. 이제 혼자 지내던 시간, 고요함 그리고 즐거움과 작별을 해야 한다. 서로 원하는 바가 다르기 때문에 갑자기 협상을 할 일이 생기고, 이제는 모든 시간을 둘이서 함께 지내야 한다. 이렇게 둘이 함께 있으면서 생겨나는 마찰은 신과 인간을 연결해주는 쐐기가 되어 준다. 솔직하게 말해보자. 아담이 천국에서 쫓겨난 것은 이브의 잘못이지 않은가! 아담이 혼자였다면 그런 일은 절대 일어나지 않았을 것이다. 이브가 없었다면 그는 땀을 흘리면서 일을 할 필요도 없고 아무런 걱정 없이 영원히 천국에서 살

앉을 것이다.

친애하는 악마 견습생들이여, 어떤 인간을 외톨이로 만들고 싶고, 그를 친구들이나 동료들 사이에서 점점 더 멀어지게 만들고 싶다면 위와 같은 주장을 펼쳐라. 그것도 잠깐 동안 주장을 하고 마는 것이 아니라 지속적으로 강조해야 한다. 필사적이고 지속적으로 혼자 지내는 시간이야말로 최상의 시간인 것이다. 외부세계와 연결된 통로를 완전히 차단하는 것이다. 더 이상 당신의 목표대상을 아무도 찾지 않게 되었을 때 당신은 이 강좌의 목표를 달성한 것이다.

큰 길과 이웃으로부터 멀리 떨어진 외딴집에서 혼자 살고 있는 괴팍한 외톨이를 상상해보라. 그의 우편함에는 기껏해야 전기요금 청구서가 놓여 있을 뿐이고, 전화기 위에는 먼지가 뿌옇게 쌓여 있고, 제대로 잡히는 방송도 없어 텔레비전은 켤 일도 없다. 반면 인터넷 기능은 매우 우수하여 어떤 고급문화 사이트에도 접근하는 것이 가능하지만, 우리가 모두 차단해놓았다. 모니터 화면에는 5개의 채팅 사이트가 열심히 깜빡이고 있다. 그가 유일하게 인간을 볼 수 있는 일은 인터넷 쇼핑으로 구입한 물건이 거의 매일 배달되어 올 때 보게 되는 택배기사뿐이다. 그는 칫솔, 호일로 싸서 구운 감자, 화장실 휴지 등 꼭 필요한 물건들을 가져다준다. 이러한 상황을 떠올리면 내 마음은 매우 흡족해진다. 당신도 그런가? 그렇게 되었다고 해서 과연 우리에게 무슨 이득이 되냐고 생각하는가? 인간들이 외톨이가 되면 뭐가 좋으냐고? 여러 가지 좋은 점이 있다.

→ 그런 인간은 아주 쉽게 우리의 영향을 받을 수 있다. 외부와

의 교류가 적을수록 암흑군주의 메시지는 더욱 직접적으로 그들의 머릿속에 박힐 수 있다.

→ 생각이 많아져서 결국 우울해진다. 어쩔 수 없이 혼자 지내게 되는 인간은 의미 있는 활동을 하지 못하고 비생산적인 생각을 많이 하게 된다. 과거에 잘못했던 일이나 실패했던 일들에 대해 더 많은 생각을 하게 만들어 미래보다는 과거에 집착하게 된다. 그렇게 되면 현혹자들이 끼어들 수 있는 여지가 전혀 남지 않게 된다.

→ 현혹자들을 잊어버리게 된다. 철학자들은 인간이란 다른 인간에게 의존하는 존재라는 사실을 과장되게 강조한다. '나'는 성장을 위해 '너'를 필요로 한다는 것이다. 인간들이 이런 현혹자들을 얼마나 멋진 이름으로 부르는지! 교활한 신자들이 아무런 근거도 없이 하나님이 다른 인간을 통해서 나타난다고 주장하는 것은 아니다. 그 말이 맞다면, 당신은 인간들의 관계를 단절시킴으로써 연쇄반응을 일으킬 수 있다. 주변인간이 없다면, '너'도 없는 것이고, '너'가 없다면 현혹자도 없는 것이다.

당신은 지속적인 개입으로 비교적 쉽게 최종적인 단계까지 도달할 수 있을 것이다. 다음과 같은 사이클이 한번 시작되면, 그 다음은 알아서 저절로 굴러가게 되어 있다. 다른 인간의 행동 때문에 짜증이 나서 혼자 있고 싶은 욕구가 생겨난다. 혼자 있으면서 인간에 대한 두려움이 생겨나 새로운 관계를 맺지 못한다. 비참한 마음에 괴팍한 성격이 생겨난다. 사랑스러운 모습과는 전혀 동떨어진 이런 모습은 다른 인간들을 놀라게 해서 뒤로 물러나게 만든다. 이때 그가 어쩌면 자살에 대한 환상에 빠질 수도 있으니 잘 관리하도록 하라. 우리는 그가 타락하기를 바랄 뿐 최후의 걸음까지 내딛기를 원하지는 않는다. 우리는 살아있는 우리 편을 원하기 때문이다!

유혹의 기술

　　암흑을 위한 싸움에서 당신도 아마 동료가 필요할 것이다. 그렇다면 문인들 중에서 쉽게 동료를 찾을 수 있을 것이다. 세상에는 괴팍한 작가들이 많다. 그것은 책상 앞에서 오랜 시간 앉아 있는 것에 대한 대가인지도 모른다. 그래서 작가들은 많든 적든 인간들을 기피하는 현상을 보이며, 가끔은 대인기피증으로 발전하는 경우도 있다. 그런 작가들이 얻어낸 인식을 당신은 인간들 입맛에 맞게 잘 설파할 수 있어야 한다. 유명한 인간들의 말을 인용하는 것은 많은 인간들에게 존경심을 불러일으키기 때문이다.

　　예를 들어, 요한 볼프강 폰 괴테를 인용하라. '자기 자신을 아는 인간은 더 많은 인간을 아는 것을 쉽게 포기한다' 라고 괴테는 말한다. 이 얼마나 시인다운 자기만족인가! 또는 어니스트 헤밍웨이도 있다. 세계적으로 유명한 그의 소설 '노인과 바다' 의 제목은 이미 우리가 추구하는 방향을 특징적으로 잘 드러내고 있다. '대화를 하려고 하는 인간처럼 성가신 존재는 없다' 고 헤밍웨이는 말한다. 또는 현대 철학의 대표적인 지식인 장 폴 사르트르를 예로 들어라. 그는 단 한 문장으로 아주 현명하게 표현했는데, 암흑군주가 그 말을 자신의 인용목록에 바로 기록했을 정도로. 즉, '타자는 나의 지옥이다' 라고 했다.

그리고 마지막으로, 탁월한 실용주의적 관점으로 현혹자들의 선과 이웃사랑에 대한 비전을 현실적으로 되돌려 놓은 오스트리아의 소설가 로베르트 무질을 인용하라. '이웃에 대한 사랑은 바로 옆집을 넘어서지 못한다', '지옥으로 가는 길은 아주 잘 닦여 있다'고 말하는 현명한 명언들이 수없이 많이 있지만, 그중 몇 가지만 골라본 것이다. 이처럼 인간들이 높이 평가하는 당신의 동료들이 당신 뒤를 든든하게 지켜주고 있기 때문에 당신은 쉽게 이 강좌의 과제를 수행할 수 있을 것이다.

공동생활에서 부정적인 경험을 하게 하라!

만약 당신이 든든한 토대를 마련하지 못한다면, 당신은 이 강좌의 학습목표를 달성하지 못할 것이다. 그러니 당신의 목표대상이 공동생활에서 부정적인 경험을 하게 하라. 불편한 경험을 하게 만드는 가장 쉬운 방법은 다른 인간의 가벼운 조롱과 경멸만 있으면 충분하다. 다른 인간들의 무례한 행동이나 말에 대해 별 얘기 아닌 것처럼 그에게 슬쩍 흘리는 것이다. 예를 들어, 몸매나 신체적 단점에 대해 인간들이 한 말이 있을 수 있다. 이는 당신의 목표대상이 이미 오래전에 잊어버린 과거의 어두운 경험을 다시 떠올리게 하는 자극이 되어 줄 것이다.

조금 더 힘든 방법으로는, 여러 종류의 집단강요를 통해 불편함을 느끼게 하는 것이다. 만약 당신의 목표대상이 과음을 하지 않는 인간이라면, 다른 인간들과 함께 큰 잔으로 돌아가면서 마시는 방식을 강요하는 것이다. 목표대상이 직장인이라면 평일에 새벽까지 노는 그룹에 끌어들여라. 항상 형제애를 느낄 수 있도록 어깨를 힘차게 툭툭 두드려주며 '너는 이제 우리 팀이야. 그러니까 끝까지 함께 가자고!' 라는 신호를 보내기만 하면 된다. 점심시간에 식당에서는 그가 별로 좋아하지 않는 동료들을 옆자리에 앉히면 된다. 모든 가족행사에 참여할 것을 강요해라. 그가 참여하지 못할 경우, 심한 양심의 가책을 느끼게 만들어라. 이 시기의 마지막 단계가 되면, 인간들과 어울리는 일과 불편한 마음의 관계가 마치 한 몸처럼 될 것이다. 이런 불편함은, 그런 자리에서 바로 일어나서 나가버리는 방식의 불편함이 아니라 일종의 경직된 마음을 불러일으키게 한다.

'내면의 도피' 모델을 권유하라!

이렇게 내면이 경직되는 시기에는 어떤 일이 일어날 수 있을까? 이 시기를 위한 행동모델로서 '내면의 도피'를 제안하는 것이 가장 좋은 방법이다. 그 자리에 함께 있으면서도 내면적으로는 그 자리에 없는 이런 역설적인 상태를 이미 많은 인간들이 경험했을 것이다. 이는 신체 외적인 상태에 대한 문제이다. 물론 신체적으로는 그 인간을 볼 수 있고 느낄 수도 있지만, 그의 정신은 다른 곳에 가 있는 것이다. 그런 기술을 익히는 데는 그렇게 많은 단계가 필요하지도 않다. 첫 단계는 모든 감각이 그 기능을 멈추게 하는 것이다. 목소리, 소리, 움직임, 냄새 등 그가 느끼는 모든 것을 무심하게 흘려버릴 수 있어야 한다. 보고, 듣고, 냄새 맡는 것에 대해 아무런 관심도 기울이지 않을 수 있어야 한다. 이런 기술을 습득하고 나면 한 발 더 나아갈 수 있다. 당신의 목표대상에게, 어떻게 하면 다른 인간들에게는 마치 주의 깊게 상대방의 말을 듣고 있는 것처럼 보이면서, 내면에서는 자기 생각에 몰두할 수 있는지 알려줘라.

사적인 관계로 발전하지 못하게 하라!

당신의 목표대상에게 사적인 관계는 행복에 방해가 된다고 항상 강조하라. 만족은 오직 집안에 혼자 있을 때만 가능하다. 하지만 너무 성급하게 기뻐하지는 말라! 당신의 목표대상이 이런 인식을 가지고 있다고 하더라도 대인관계에 대한 자연스러운 갈망은 여전히 포기하지 못할 수도 있다. 분명한 사실 하나는, 당신이 할 일을 제대로 할수록 당신의 목표대상은 이러한 갈망을 충족하기 위해 반드시 같은 공간에 있어야만 하는 것은 아니라는 것을 더욱 빨리 깨닫게 될 것이다. 오히려 그 반대다. 인터넷 상에서는 불편하게 같은 공간에 있을 필요도 없이 자신이 원하는 것을 줄 수 있는 인간들과 파트너 관계를 맺을 수 있다. 즉, 이해심, 항상 가까이 있는 것 같은 환상, 심지어 말하지 않은 바람에 대한 충족감까지 전해주는 것이다. 그가 원하는 웹사이트 주소를 쳐주기만 하면 된다. 우정을 필요로 하면 채팅사이트로 유인하고, 그 이상을 원한다면 파트너 구인 사이트로 유인하면 된다.

그가 자신의 프로필을 어떻게 쓰는지에 따라 그의 자아상과 현실의 거리가 얼마나 멀리 떨어져 있는지 파악할 수 있다. 그 거리가 멀면 멀수록 그도 우리의 암흑군주가 될 가능성이 더욱 높아진다. 당신의 목표대상은 인터넷을 통해 다양한 인간들과 교류를 맺고 밤새 채팅을 하지만 이런 인터넷 파트너를 실제로 만날(우리가 희망하는 바대로!) 용기를 가지고 있지는 못하다. 그는 웹 커뮤니티 상에서는 가상의 친구들이 100명도 넘는다는 사실을 자랑스럽게 바라보게 될 것이다. 하지만 이 '친구들' 중 누구도 실제로 그의 집 현관문 앞에 찾아오거나, 그를 보고, 냄새 맡고, 느끼는 인간은 없을 것이다! 인터넷 상의 수많은 교류에도 불구하고 딜레마는 여전히 남아있다. 신체적인 만족에 대한 갈망이다. 이 점에 있어서도 당신의 목표대상을 해방시켜줄 수 있어야 하며, 전염 가능성이 항상 존재하는 비위생적인 성관계에 대한 대안으로 매우 깨끗한 성관계를 제시해야 한다. '자위를 거부하지 말라'고 우디 앨런은 말한 바 있다. '그것은 정말 사랑하는 인간과의 섹스이다'라는 그의 말이 정답이다.

당신의 목표대상이 가지고 있는 환상을 고무하는 것이 당신의 과제이다. 이 부분에서도 인터넷이 매우 뛰어난 성과를 보여줄 수 있다. 마우스 클릭만 몇 번 하면 섹스의 낙원에 도착할 수 있다. 그곳에는 온갖 다양한 종류의 섹스가 있으며, 당신의 목표대상도 개인적으로 선호하는 성적취향을 눈으로 볼 수 있고 이용할 수도 있다. 그렇게 다른 인간과 어떤 신체접촉도 하지 않은 채 절정을 맛 볼 수 있게 된 것에 대해 그는 당신에게 아주 고마워할 것이다! 화룡점정으로 우도 위르겐스의 노래를 그의 CD플레이어에 살짝 올려놓고 나와라. 얼마 지나지 않아 그가 그 노래를 흥얼거리는 모습을 보게 될 것이다. '내가 아주 빨리 깨닫게 된 아주 좋은 트릭은, 이성과의 성관계도 동성과

의 성관계도 아니라 혼자 하는 성관계이다.'

생활에 필요한 물건들은 익명으로 구입하기!

'엠마 아주머니네 슈퍼'가 사라진 것은 나의 많은 노력 덕도 있다. 이런 가게가 단지 인간들이 물건을 사는 곳으로만 이용되었다면 내가 그렇게까지 만들지는 않았을 것이다. 하지만 이 동네슈퍼에는 이 인간 저 인간이 모여서 수다를 떤다. 슈퍼는 정보를 교류하는 장이 되고, 때로는 서로를 위로해주는 곳이 된다. 동네슈퍼는 더 이상 존재하지 않는다. 하지만 인간적인 교류와 대화의 위험성은 대형마트에도 있다. 하지만 인터넷 덕분에 이런 위험한 상황에서 많이 벗어날 수 있다! 당신이 점찍은 대상은 인터넷을 통해 필요한 물건들을 사들인다. 생필품, 신선식품이나 저장식품, 위생용품, 선물, 책, 약품, 컴퓨터, 세탁기 등. 더 이상 슈퍼나 마트에 갈 필요가 없음을 인간들은 이제 좀 깨달을 필요가 있다!

모든 것을 인터넷으로 주문할 경우 발생할 수 있는 마지막 걸림돌은 바로 택배원이다. 하지만 이 문제에 대해서도 더는 두려워할 필요가 없다. 택배원은 얼마 전까지만 해도 물건을 받는 인간과 사적인 관계를 맺을 수 있는 자극을 제공했다. 심지어 고객의 집에 들어가 잠깐 커피 한 잔을 나누는 상황까지 발전하는 일도 있었다! 하지만 이제는 우편함에 택배박스를 넣어 두면 고객이 비밀번호를 기입하고 찾아가는 방식으로 점차 변하고 있다.

다른 인간과의 교류가 전혀 없는 인간이라, 아마 당신은 놀라겠지만 그것은 정말 가능하다! 당신에게 아직 남아있는 에너지가 있다면 최종적인 단계를 시도해보자. 이제는 병원에 가는 대신 전화로 진단을 받는 일도 가능하다. 하지만 미용실이나 발 관리의 문제에 있어서는 아직 대안이 없다. 이런 문제에 대해 당신이 좋은 제안을 해준다면, 나쁜만 아니라 많은 동료들이 당신에게 매우 감사해 할 것이다.

항변코너

공동체에 대한 인간들의 중독에 가까운 욕구는 악마 견습생들이 결코 과소평가해서는 안 되는 현상이다. 당신이 외톨이로 만든 그 인간이 혼자서 아무리 편안함을 느낀다고 해도 어느 날 저녁 또는 위기의 순간에 갑자기 완전히 비이성적인 내적 동요를 일으켜 집 밖으로 뛰쳐나갈 수도 있는 것이다. 물론 멀리까지 나가지는 않는다. 집 앞에 있는 맥주집일 수도 있고, 슈퍼 또는 심지어 교회일 수도 있다. 몇 주에 걸친 당신의 노력이 그런 곳에서 몇 분 사이에 무너질 수 있다. 지역공동체가 위협이 된다. 당신의 목표대상은 인간들에게서 다시 마음에 드는 면을 찾게 될지도 모른다. 그 인간들 또한 무력하고 우울한 표정을 한 이 낯선 인간에게 자비와 관심의 반응을 보이면서 잘해줄 수 있다. 그러면 당신의 목표대상이 다른 인간의 두 팔에 안긴 채 당신이 그토록 막으려고 했던 감정을 느끼게 되는 불상사가 발생할 수도 있다.

첨단과학 시대의 발전이 그런 상황을 예방할 수 있는 보조수단을 앞으로 더욱 많이 제공해줄 것이다. 그중 위기상황에서 사용할 수 있는 몇 가지 보조수단을 추천하겠다.

소음

고요함을 견디기 힘들어하는 인간들이 있다. 그들은 일상적인 소음을 필요로 한다. 다른 인간들이 떠드는 소리, 신문 넘기는 소리, 문 닫히는 소리, 코 고는 소리 등 아주 시시한 소리지만 그 소리를 필요로 하는 것이다. 그래서 정말 소음 CD를 내놓은 업체가 있다. 그 CD를 틀면 마치 정말 누군가와 함께 살고 있는 것 같은 기분을 느낄 수 있다. 갑자기 누군가가 부엌에서 요리를 하고, 칭얼대던 아이가 결국 울음보를 터뜨리는 소리도 들을 수 있다. 화장실 물 내리는 소리, 샤워하는 소리, 물 트는 소리 등. 이런 CD를 사서 목표대상에게 건네주어라. 그 효과를 보고 나면 당신은 용기를 얻게 될 것이다!

로봇

당신이 점찍은 인간이 나이가 많다면, 일본에서 온 정보가 도움이 될 수 있다. 일본에는 온갖 컴퓨터 기술을 동원해 만들어낸 금속 로봇이 있다. 머지않아 그 로봇이 혼자서는 생활하기 힘든 노인들을 24시간 동안 돌봐주는 날이 올 것이다. 그 로봇은 요리를 하고, 약을 먹여 주고, 청소를 한다. 하지만 그게 전부가 아니다. 인간이 그에게 기댈 수도 있고, 인간을 들 수도 있다! 개발자들은 실제 인간처럼 만들기 위해 심지어 로봇에게서 여러 가지 냄새가 나게 만들었다. 이 로봇들이 왜 도움이 필요한 노인들에게만 사용되어야 하는지는 알 수 없는 수수께끼다. 그렇게 큰 도움을 주는 존재는 누구나 필요로 한다!

텔레비전 목사

현혹자의 힘은 때때로 막강해서 종종 교회에 가고 싶어 하는 인간들이 생기기도 한다. 그들은 '하나님의 집'에서 그분께 다가갈 수 있다고 주장한다. 환상에 관한 한 온갖 수단을 보유하고 있는 미국에서는 위성으로 텔레비전 설교를 중계한다. 텔레비전으로 설교를 듣고, 성경책을 읽고, '예배'를 드린다. 하지만 그것은 우리에게 전혀 위협적이지 않다. 허영심에 신앙인이 되고 싶어 하는 인간들은 현혹자들이 제공하는 자유의 의미를 결코 파악하지 못할 것이기 때문이다. 당신의 목표대상이 그들의 조작에 빠지는 일이 없도록 조심하라.

러브토이즈

성적인 욕구가 더 강해지면 바로 대안을 마련해주어야 한다. 사이버섹스로는 더 이상 만족할 수 없다면, 인터넷에 있는 성인용품점으로 유인하면 된다. 그곳에서는 가상뿐 아니라 실제로 만질 수 있는 많은 도구들을 구할 수 있다. 남자들을 위해서는 자위를 위한 모든 조건을 갖춘 섹스 마네킹이 좋을 것 같다. 목표대상이 너무 싼 인형을 사지 않도록 주의하라. 값싼 플라스틱으로 만들어진 인형보다 값비싼 실리콘으로 만들어진 인형이 인간의 감촉을 더욱 잘 전해줄 수 있기 때문이다. 여자들을 위해서는 모조 페니스를 권한다. 남성의 성기와 아주 근접한 모양도 있고 전혀 다른 모양도 있다. 진동과 함께 아주 큰 효과를 준다고 알려져 있다.

지금까지 다른 인간과의 공동생활을 막을 수 있는 네 가지 방법을 설명했다. 당신은 분명 이런 학습목표를 달성하기 위한 더 많은 가능성을 찾아낼 수 있을 것이다. '대인관계에 무능한, 다른 인간들과의 교류를 힘겨워하는 외톨이들이 가득 찬 세상을 만들자'는 우리의 비전을 항상 명심하라. 어쩌면 현혹자들이 더욱 노력해서 항상 '함께' 있고 서로를 돕는 신앙공동체를 만들어낼 수도 있을 것이다. 하지만 우리의 메시지가 더 강하다. 혼자일 때가 훨씬 더 좋은 것이다!

악마의 추천

 로베르트 그린, 〈유혹의 기술 – 24가지 유혹의 전략과 전술〉

악마 견습생들이여, 우리도 공동체 안에서 살아가고 있다. 인간들을 유혹하고자 하는 분명한 의도를 가지고 있는 공동체인 것이다. 우리의 가장 중요한 동료 중에 로베르트 그린이 있다. 그는 〈유혹의 기술 – 24가지 유혹의 전략과 전술〉에서 이에 대해 너무도 잘 설명하고 있어서, 거의 질투심을 느낄 정도였다. 각 장의 제목만 봐도 상당히 고무적이다. '암시의 기술을 습득하라', '상대에게 당신에 대한 환상을 심어주라', '상대를 고립시켜 당신에게 의존하게 만들어라' 이외에도 많은 것들이 있다. 이처럼 강력한 말과 사악한 생각을 가진 작가들이 우리와 뜻을 함께 한다는 사실에 대해 우리는 감사하게 여길 뿐이다!

 디트마 비트리히, 〈그 & 그녀에게 상처 주는 말들〉

싱글들은 항상 사랑하는 인간을 만나고 싶다는 바람을 가지고 있다. 혼자일 때보다 둘이 함께 있을 때 삶이 더 쉽거나 더 아름다울 것이라는 기이한 생각을 가지고 있는 것이다. 현실과 동떨어진 이런 환상을 깨우쳐 줄 작은 책자가 하나 있다. 이 책에서는 파트너와 함께하는 생활에 대한 쓰디 쓴 말들을 1년으로 나누어 달력으로 만들었다. 한번 들여다보고 싶은가? 그렇다면 2월 28일자를 펴보자. 이날에는 리즈 테일러의 말이 인용되어 있다. '내 다음 결혼생활이 요구르트의 유통기한을 조금 넘긴다고 해도 나는 만족한다.' 5월 28일에는 마리아 칼라스의 인용문이 있다. '결혼생활은 천국에서 맺어지고 지옥에서 유지된다.'

음악

유빌라떼, 'songs from Taize(떼제의 노래)'

프랑스의 부르고뉴에 있는 작은 마을에서 일어나고 있는 일들을 보면, 그들은 신비한 방법으로 암흑의 권력에서 벗어났음을 알 수 있다. 수십 년 전부터 그곳에서는 젊은 인간들이 모여 성경을 읽고, 그들 삶에서 현혹자가 하는 역할에 대해 이야기를 나누고, 몇 시간 동안 노래를 부른다. 그 노래 중 일부는 CD를 통해서도 들을 수 있는데, '예수 그리스도여, 내 어둠이 나에게 말을 걸지 못하도록 해주소서' 라며 우리에게 노골적으로 전쟁선포를 하는 내용도 있다. 그들의 행태는 정말 유치하고 우습지만, 우리는 당신의 도움을 받으면 충분히 그들을 흔들어놓을 수 있을 것이다!

영화

'As it is in heaven', 스웨덴, 2004

거장 지휘자였던 주인공이 건강상의 문제로 시골마을로 내려온다. 사실 그는 그곳에서 최종적인 심장발작으로 세상을 뜰 때까지 혼자서 살 수도 있었을 것이다. 하지만 정신 나간 주인공이 그곳에서 무슨 일을 벌이는지 아는가? 그는 교회 합창단의 지휘를 맡는다. 장애가 있는 남자, 매 맞는 여자, 가정주부 그리고 남자들이 함께 노래를 부르면서 스스로 변해간다. 심지어 엄격했던 목사도 다시 생각을 해보게 된다. 게다가 이 지휘자는 사랑에 빠지게 된다. 악마 견습생들이여, 당신이 조심하지 않으면 바로 이런 불행한 일이 생기는 것이다!

희망의 언어들

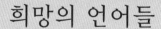

다른 인간들이 앉아있는 나뭇가지를 잘라라

-핀란드 속담

다른 인간들과 조화를 이루며 살아가기 위해서는 그들과 멀리 떨어져 살아야 한다.

-에밀리 브론테

모든 인간과 대화를 나눌 수 있다. 그러기 위한 가장 좋은 기술은 대화를 피하는 것이다.

-마담 퐁파두르

이 세상에 우리가 신경 쓰지 않아도 되는 인간이 이토록 많다는 사실은 얼마나 멋진 일인가.

-찰스 디킨스

우리의 삶을 우울하게 만드는 것은 인간들과의 만남이다.

-잭 런던

배려란 단두대에 누워 있는 인간을 너무 오래 기다리게 하지 않는 것이다.

-막시밀리안 로베스피에르

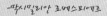

제6강 쾌락에 대해서

먹는 즐거움을 망치는 방법에 대해

주제 소개

'먹는 걸 보면 그 인간이 어떤 인간인지를 알 수 있다'라는 속담이 광고문구로까지 인용된 걸 보면 이 말에 어느 정도 진실이 담겨 있는 것 같다.

그런 연관관계는 확실히 자주 확인할 수가 있다. 식습관은 그 인간의 입맛 이상을 알려준다. 음식을 순식간에 먹어치우는가 아니면 즐기면서 먹는가? 패스트푸드를 입안에 쑤셔 넣는가 아니면 선별된 특별요리를 선호하는가? 식탁에 앉아 있는 태도는 어떤가? 매너가 있는가? 그에게 식사는 귀찮은 시간일 뿐인가 아니면 기꺼이 시간을 할애하는 시간인가? 스스로 요리할 수 있는가 아니면 간편조리식품을 데워서 먹는 정도인가?

악마의 견습생들이여, 이 모든 것은 결코 사소한 문제가 아니다. 그 인간의 식습관을 알고 또 필요한 경우 그 습관을 바꿀 수만 있다면 당신은 많은 것을 얻을 수 있다. 우리가 하루에도 몇 번씩 무엇을, 언제, 그리고 얼마나 먹을 것인지 결정해야 한다는 사실을 생각해보면 그것이 얼마나 중요한 문제인지 알 수 있을 것이다. 이러한 결정의 부담으로부터 인간들을 해방시켜줄 수 있다. 그러면 상대방은 당신에게 고마움을 느낄 것이고, 무의식적으로 우리에게 많은 결정권을 넘겨

줄 것이다. 이때 우리의 목표는, 목표대상이 식사를 즐기는 법을 잊어버리게 만드는 것이다. 아니다, 그렇기보다는 짧게 즐기고 나서 바로 음식이 목에 걸려 콜록거리기를 바라는 것이다. 식사는 신체와 정신을 강하게 만들어준다고 현혹자들은 주장한다. 그러나 우리는 음식이 인간을 마비시키고 약하게 만들기를 바란다. 그것을 가능하게 하는 세 가지 방법이 있다.

→ 더 많이 먹어야 한다. 과식하게 하는 것이 중요하다. 먹는 것에 중독되어야 한다. 식욕이 막 생겼을 때 많은 양의 식사로 바로 대응하는 것이다.

→ 건강하지 않은 음식을 먹어야 한다. 바이오 푸드와 슬로우 푸드, 이런 현혹자들의 작품은 접근하지 못하게 막아야 한다. 백설탕과 지방제품, 합성착향료 그리고 유전자 조작식품 등, 이들은 부당하게 악명을 얻고 있다. 그들은 인간의 신체를 내면으로부터 서서히 살찌게 만들고 파괴할 것이다.

→ 다이어트를 하게 한다. 이는 과식을 끔찍하게 생각하는 인간들을 위한 대안이다. 그들은 전혀 다른 방식으로 접근해야 한다. 그들이 매 식사 때마다 영양가와 칼로리를 계산하게 만드는 것이다. 그렇게 하면 먹는 것에 대한 즐거움을 망칠 수 있고, 모든 생각과 느낌을 온통 음식이라는 주제에 고정시킬 수 있다.

이 분야에서 우리는 이미 많은 성공을 거두었다. 통계에 따르면, 우리 사회에서 비만과 과체중인 인간들이 계속해서 증가하고 있다.

우리가 이렇게 큰 효과를 본 분야도 드물다. 햄버거 가게와 패스트푸드 체인점의 승승장구도 결국 우리 덕분이다. 그릴버거 스테이크 아래에서 불꽃이 넘실거리는 모습은 우리 암흑군주의 장난이다. 그의 영향력은 광고를 통해서도 드러난다. 수백만의 인간들이 거의 기름범벅인 음식만 제공하는 가게에 앉아서 식사를 한다. 우리는 노련함과 익숙함으로 인간들에게 혐오감이 생기는 한계를 이렇게까지 넓혀놓을 수 있었다. 심지어 오늘날에는 이런 종류의 음식이 삶의 질을 더욱 높여주는 경험인 것처럼 인간들의 생각을 바꿔놓을 수 있었다.

이 분야에서 인간들을 유혹할 수 있는 가능성은 매우 크다. 그리고 현혹자들도 이러한 사실을 잘 알고 있기 때문에 음식이라는 테마와 깊은 관련이 있는 창조계획이 아직 싹트지 못하는 것에 대해 무척 마음 아파하고 있다. '원죄'는 우리들이 추구하는 방향을 알려주는 좋은 본보기다. 이브는 다른 걸 먹어보고 싶어서 현혹자들이 금지한 과일을 먹은 것이 아니었다. 에덴동산에서는 엄청나게 다양한 식품들을 언제 어디서나 구할 수 있었다. 이브는 금지된 것을 위해 허락된 수많은 것들을 거부했다. 이를 오늘날의 경우에 비유해보겠다. 소위 인식의 나무에서 딴 사과의 이미지는 좋지가 않다. 그럼에도 불구하고 이브는 다른 어떤 것보다도 그것을 원했다. 이는 당신에게는 희망의 표시가 되어준다. 귀중한 음식과 금지된 음식 사이에서 대체로 후자가 승리한다. 미식가도 사실은 은밀하게 치킨너겟과 감자튀김을 원한다. 우리는 그의 꿈이 실현될 수 있게 돕기만 하면 되는 것이다.

유혹의 기술

'악마의 부엌'에서 매운 음식이 나온다는 말이 있다. 이는 우리의 암흑군주에게 '악마'라는 귀여운 이름을 붙인 것과 마찬가지로 매우 억지스러운 말이다. 우리의 부엌에서는 사실 싱거운 요리가 만들어진다. 물론 주방보조가 익숙하게 그리고 모든 인공조미료를 사용해 정말 많은 인간을 유혹할 수 있는 음식을 만들어낸다. 이때 그들은 식품화학과 음식심리학의 최신 연구결과를 고려한다. 대부분의 인간들 기억 속에 겉은 바삭하고 속은 부드러운 음식이 좋고 맛있는 음식이라고 남게 된다. 그에 비하면 영양가와 음식의 질은 사실 별로 중요하지 않다.

우리의 악마 동료들도 부엌에서 천연의 맛을 그대로 낼 수 있는 화학공식을 이용해 실험을 한다. 바닐라, 딸기, 초콜릿 등의 맛을 원재료는 전혀 섞지 않고도 똑같이 낼 수 있다. 하얀 가루, 향신료 그리고 멋진 포장만으로도 인간들을 쉽게 속일 수 있다. 우리의 부엌을 공개한 김에 우리의 목표를 달성하는 데 도움이 될 수 있는 이미 입증된 몇 가지 방법을 추천하겠다.

혼자 먹어라!

우리에게 식사란 지극히 개인적인 문제이다. 그런데 다른 인간과 함께 앉아서 식사를 하고 그것을 공동의 경험으로 만들 필요가 있을까? 그러니 식사를 하면서 책이나 신문을 읽고, 텔레비전을 보고, 전화통화를 하는 것이 훨씬 낫다. 그렇게 하면 음식의 맛이나 먹는 양에 대한 관심을 거의 잃게 된다.

불규칙한 식사시간

아침식사, 점심식사 그리고 저녁식사, 이처럼 습관적으로 반복되는 식사시간이 마치 강철로 만들어진 코르셋처럼 인간들을 수십 년 동안 압박해왔다. 우리의 위가 그렇게 시계에 맞춰 활동하는 것일까? 21세기의 삶은 이 부분에 있어서도 자유를 의미한다. 식욕이 생길 때 먹고 싶은 것을 먹는다고 해서 문제될 것은 전혀 없다. 또한 바나나보다 초코바를 선호한다면, 그것 또한 그 인간의 자유다! 한밤중에 냉동피자를 오븐에 데워 먹는다고 해서 문제될 것은 없다. 하루 세 번이 아니라 열 번 식사를 한다고 해도 전혀 문제가 되지는 않는다! 하루 종일 자기 몸에 음식을 쑤셔 넣는 인간은 현혹자들이 침투해 들어갈 수 있는 관문인 영혼을 더 이상 느낄 수 없게 될 것이다.

패스트푸드는 가능한 한 자주 먹는다!

당신의 목표대상이 패스트푸드 문화가 전혀 단조롭지 않다는 사실을 깨달아야 한다. 햄버거 가게의 감자튀김은 잘린 모양과 맛만 보아도 천차만별이다. 물결모양도 있고 매끈한 모양도 있다. 끝 부분이 사선인 것도 있고 직선인 것도 있다. 각각의 맛을 음미해보는 것은 당신의 목표대상에게는 아름다운 도전이 될 것이다. 어디를 가든 맛의 차이를 테스트해보고 싶은 욕구가 생길 수 있다. 실제로 대도시의 치즈버거와 작은 마을의 대형 체인점에서 파는 치즈버거의 미세한 맛의 차이를 구분해내는 인간이 있다! 그에 따르는 바람직한 부작용으로는, 테스트를 해보고자 하는 강한 욕구로 인해 건강한 음식을 먹는 일이 현저히 줄어들 것이다.

직접 요리하지 말라!

감자껍질을 깎고, 고기에 양념을 하고, 채소를 썰고, 샐러드를 씻는다? 제발! 우리의 귀중한 시간을 그렇게 음식을 준비하는 데 낭비해서야 되겠는가? 우리는 지난 몇 십 년 동안 화학식품 분야에 많은 에너지를 투자했다. 우리 노력의 결과물이 마트의 냉장고에서 점점 더 오래 보존될 수 있다는 사실에 놀랄 따름이다. 우리에게는 전자레인지나 오븐에만 넣으면 뛰어난 모양과 맛을 제공해주는 온갖 간편조리식품이 있다. 입맛이 무딘 인간들은 신선한 채소를 사서 준비한 음식과 간편조리식품의 차이를 거의 모를 정도다. 그런 인간은 정말 요리를 하느라 수고를 할 필요가 없는 것이다. 접시 위에 첨가제와 향신료를 듬뿍 넣어 만든 음식이 올라온다고 해도 그는 전혀 상관하지 않을 것이다. 맛만 좋으면 되니까!

피자서비스로 주문하라!

당신의 목표대상이 어떤 이유에서든 집 밖으로 나갈 수 없는 상황이라면 피자서비스 전화번호를 건네줘라. 큰 수고 없이 완성된 음식을 집까지 배달시켜 먹을 수 있다는 것만으로도 충분히 그를 설득할 수 있을 것이다. 소파에 가만히 앉아서, 기름기 가득한 피자를 먹으며, 편안함을 즐기면 되는 것이다.

달콤한 군것질은 건강에 좋다!

내가 아는 한 암흑군주는 웃는 일이 별로 없다. 하지만 그를 항상 눈물이 날 정도로 웃게 만드는 장면이 하나 있다. 지옥의 영화관에서 영화를 보다 보면 항상 그 전에 광고가 먼저 상영된다. 어쩌면 당신도 이 광고를 알지도 모르겠다. 보라색 소가 녹색 잔디밭에 서 있고, 아이들이 그 주위를 뛰어다니고, 우유통도 보이고, 그러다가 어딘가에서 보라색 판 초콜릿이 등장한다. 그러면서 '초콜릿이 생긴 이후 가장 부드러운 유혹'이라고 달콤한 여자 목소리가 주장한다(밀카 초콜릿, 독일에서는 대표적인 초콜릿 광고이다).

우리를 위한 광고가 그렇게 유머 있게 현실세계로 전달되는 경우도 드물다. 실제로 달콤한 군것질은 참기 힘든 유혹인데, 우리는 그것을 이용해 인간들을 무차별적으로 공격해야 한다. 설탕이 잔뜩 들어있는 음식은 몸에는 전혀 도움이 안 되지만 맛은 정말, 정말 좋다. 이 맛을 거부할 수 있는 인간이 거의 없을 정도다. 꼬마곰 젤리, 생크림 케이크, 초콜릿 등 단 군것질은 우리에게 매우 중요하고 든든한 무기다. 그것을 인간들에게 끊임없이 제공하라. 어른뿐 아니라 아이들에게도 마찬가지다. 마트에서 계산대 바로 옆에 그것도 1미터 높이에 달콤한 군것질거리를 진열해놓아 아이들이 결코 못 보고 지나치는 일이 발생하지 않도록 배려한 것은 아주 좋은 전략이다. 한번 단맛에 빠진 아이는 평생 단 군깃질에서 손을 떼지 못할 것이다!

술은 소화에 도움을 준다

식이생리학적인 관점에서 보면, 이건 정말 말도 안 되는 소리다. 하지만 계속해서 홍보하라. 특히 기름기 많은 음식을 먹을 때 술을 마시면 소화에 도움이 된다고 주장하라. 그렇게 당신은 목표대상의 피로요소를 확장시킬 수 있다.

휴가는 패키지를 이용해서 떠나라

많은 인간들은 심지어 휴가 때도 문제를 겪는다. 그들은 가능한 한 '집에서 먹던 음식'에 가까운 음식을 먹기 위해서 몇 시간 동안 레스토랑을 찾아다니다가 결국 주인이 이미 만들어 놓았다가 데워주기만 하는 음식을 내놓는 작은 음식점에서 식사를 하게 된다. 이런 곤란한 상황이 벌어지는 것을 막기 위해서는 숙박비와 식사요금이 모두 포함된 패키지를 선택하는 것이 도움이 된다. 당신의 목표대상에게도 패키지를 이용하라고 설득하라. 호텔과 식당을 한꺼번에 예약할 수 있으니 모든 식사를 호텔에서 해결하면 된다. 싫건 좋건 호텔에서 제공하는 음식에 의지해야 한다. 반면 호텔 측에서는 가능한 한 저렴한 가격으로 손님들에게 음식을 제공하라는 지시를 받는다. 질이 떨어지는 음식은 식당을 화려하게 잘 꾸며서 보완하면 되는 것이다. 샐러드의 청결함과 탑처럼 쌓여 있는 접시 뒤에 어떤 모습이 숨어 있는지에 관심 있는 인간은 없다.

움직이지 말라!

'식사를 하고 나면 쉬거나 천 걸음을 걸어라!' 이 실용적인 격언 중에서 '천 걸음을 걸어라'고 한 부분은 당신의 목표대상의 머릿속에서 깡그리 지워줘야 한다. 배가 부른 상태에서는 산책을 하거나 또는 더 심각한 일을 벌일 생각조차 못하도록. 배가 부른 상태에서는 쉬고 싶은 욕구에 따라 소파나 침대에 누워 가능한 한 오랫동안 잠을 청해야 한다. 몇 번 그렇게 해보고 나면 낮잠을 자는 것이 습관이 될 것이다. 그렇게 되면 점점 몸이 둔해지는 편안함과 불만족으로 가는 가장 중요한 한 걸음을 내딛게 되는 것이다.

다이어트 책을 알려줘라!

당신의 유혹에 긍정적으로 반응하는 인간이라면, 눈에 띄게 몸무게와 체격이 불어날 것이다. 그리고 어느 정도 깨어 있는 정신상태를 유지한 인간이라면, 살을 빼고 싶은 내면의 욕구를 느끼게 될 것이다. 걱정하지 말라. 그런 인간에게 효과적으로 맞설 수단이 있다. 즉, 살 빼는 법을 알려주는 책들을 들이미는 것이다. 잘 이해가 안 된다면, 그런 책을 몇 권 사서 읽어보라. 그런 책들을 보면 '자면서 살 빼는 법', 엄격히 혈당지수가 낮은 음식만 먹는 '혈당지수(GI)' 다이어트, '날씬한 몸매를 위한 코드' 그리고 10주 만에 10킬로그램을 빼는 단기속성 프로그램까지 매우 다양하게 수록되어 있다. 이런 책들이 베스트셀러에 포함되어 있다는 것이 나에게는 참으로 만족스러운 일이다. 그럼에도 불구하고 인간들이 계속해서 먹어댄다는 것도 사실이다. 자 그럼, 맛있게 드시길!

'프랑스의 하나님처럼 식사하기' 라고? 현혹자들이 만든 이 슬로건은 많은 인간들이 기대감을 갖게 만든다. 프랑스식으로 식사를 한다는 것은 여러 인간이 몇 시간 동안 식사를 하는데, 샐러드부터 과일까지 여러 단계의 코스요리가 나오고, 생선, 고기 그리고 플랜파이까지 먹는다는 것을 의미한다. 물론 그것은 사랑과 능력을 갖춘 전문요리사가 준비한 음식이다. 이런 음식문화를 한번 경험한 인간은 음식에 대한 우리의 비전으로 설득하기가 매우 힘들다. 현혹자들은 실제로 먹어 본 경험이 논리보다 더욱 강하다는 사실을 잘 알고 있다. 그래서 그들은 최근 우리의 유혹을 매우 어렵게 만드는 몇 가지 프로젝트를 진행하고 있다. 그러니 그들의 프로젝트에 대해 잘 알아둘 필요가 있다.

슬로우 푸드

슬로우 푸드 운동은 우리가 활력을 불어넣고 있는 패스트푸드 문화에 정면으로 대항하는 움직임이다. 이처럼 슬로우 푸드 운동을 통해 음식을 숭배하는 인간들이 독일에만 약 만 명에 달하며, 전 세계적으로는 약 10만 명에 달한다. 이들은 '의식 있는 식생활' 의 재발견을 모토로 내세운다. 이들 무리는 우리의 삶을 고달프게 만들고 있고, 우리는 이 인간들이 어느 날 갑자기 우리의 햄버거 가게 앞에 나타나 데모를 하거나 우리의 패스트푸드점에 들어오는 손님들의 마음에 동요를 일으킬 수 있다는 사실을 항상 염두에 두어야 한다. 심지어 슬로우 푸드 지지자들은 '음식 맛 교육'을 위한 수업까지 제공한다. 그리고 노아의 방주가 아니라 '맛의 방주'를 만들어 특별한 식재료를 보관해놓고 있다. 당신이 점찍은 목표대상이 슬로우 푸드의 수렁에 빠진다면, 시간낭비를 논리로 내세워라. 시간은 너무 소중해서 음식을 만드느라 시간을 낭비하는 것은 정말 무의미한 일이라고!

텔레비전 요리 쇼

현혹자들은 텔레비전 요리 쇼를 통해서도 '음식에 대한 정신'을 되찾으려고 노력한다. 거의 모든 방송이 요리에 열정을 가진 여자들과 남자들을 보여준다. 그들은 신선한 음식을 준비하고 게다가 전문 요리사의 조언까지 얻을 수 있다. 시청률에 따르면, 수백만의 인간들이 그런 방송을 시청하고 직접 요리를 해 볼 동기를 얻는다고 한다. 그래서 그들은 부엌에 서서 치즈를 강판에 갈고, 고기를 양념에 절이고, 완두콩을 으깨고, 소스의 맛을 본다. 냉동식품이나 화학조미료는 전혀 사용하지 않고! 그 다음 그들은 화려하게 장식되어 있는 접시를 흡족한 마음으로 내려다보며 자신이 만든 작품을 즐긴다. 목표대상의 이성이 그렇게 눈이 멀게 되면 우리는 어떻게 해야 할까?

그런 일에 대응하기 위해 나는 두 가지 전략을 사용한다. 우선 텔레비전 요리대결을 질리도록 보게 하는 것이다. 오후시간에 텔레비전을 켜고 이 방송 저 방송을 옮겨다니며 계속해서 요리방송을 보다 보면, 그 결과가 어떻게 될지 당신도 쉽게 짐작할 수 있을 것이다. 방송을 보다 보면 잘난 척하며 떠들어대는 요리사들을 결코 피할 수 없다. 그 요리사들은 기껏 스테이크를 구워대고 있지만 정작 본인이 곤란한 상황에 처하곤 한다. 요리사가 많으면 음식만 망치는 것이 아니라 보는 인간의 입맛도 망치고 스스로 요리를 해보고 싶은 흥미도 망치게 된다! 또 다른 전략은 요리사들이 들고 있는 창끝을 거꾸로 돌려 그들을 공격하는 것이다. 당신도 아마 나와 똑같은 사실을 이미 발견했을지도 모르겠다. 텔레비전에 등장하는 요리사들은 항상 직접 음식을 요리할 것을 권유하지만, 그들이 자랑스럽게 포즈를 취하고 있는 사진이 인쇄된 간편조리식품의 판매를 은밀히 조장하고 있다. 그렇다, 당신의 짐작대로다. 나는 몇몇 요리사들을 유혹해서 그들의 자만심 가득 찬 행동을 그만두고 그들의 조리법대로 만들어진 음식을 캔에 담아 판매하도록 설득하는 데 성공한 것이다.

햄버거 가게의 샐러드

현혹자들은 패스트푸드점의 고객의 마음을 되찾기 위해 적극적으로 노력한다. 그들은 기름기 많은 감자튀김, 치킨너겟, 버거 옆에 샐러드를 배치해놓았다. 갈색으로 구워진 햄버거 안에도 색색의, 건강한 음식을 연상하게 하는 초록색을 첨가해놓았다. 현혹자들이 그런 생각을 하다니, 참으로 귀엽다. 하지만 플라스틱 그릇 안에 들어있는

126

샐러드에 감탄하는 인간은 몇 안 되는 듯하다. 그들은 풀을 씹고 싶은 것이 아니라 고기, 기름, 설탕 덩어리를 씹어 빠르고 강한 맛을 경험하고 싶은 것이다. 우리가 그들이 원하는 것을 주도록 하자! 우리가 그들에게 음식만이 아니라 사랑까지 준다고 하면 그들은 우리의 노력에 대해 아주 오랫동안 고마워할 것이다. 패스트푸드를 '사랑으로 만든 음식'이라고 말하는 것은 사실 나로서도 참으로 민망한 일이었다. 하지만 우리는 아주 훌륭한 광고를 통해 햄버거와 사랑을 연결지을 수 있었다. 'I love it'이라는 나의 첫 시도는 거대한 패스트푸드점의 슬로건으로 사용되고 있다. 어쩌면 당신은 더 많은 예를 떠올릴 수도 있을 것이다. 인간은 햄버거만으로는 살 수 없다는 사실을 명심하라!

악마의 추천

마리온 그릴파처, 〈혈당지수 다이어트. 행복하게 살 빼기〉, 뮌헨, 2007

우리는 새로운 다이어트 방법을 계속해서 개발함으로써 많은 인간들이 식사를 즐기는 것이 아니라 살 빼는 일에 몰두하게 만들었다. 이 분야에 있어서 우리는 특히 당신의 새로운 아이디어를 기대하고 있다. 나와 다른 악마 동료들의 상상력이 점점 메말라가고 있기 때문이다. 우리는 특히 '자면서 살 빼기', '브리기테 다이어트', '뉴욕 다이어트' 그리고 '버거 다이어트'까지 개발했다. 그중 특히 '혈당지수 다이어트'를 강조하고자 한다. 이 이름은 우리가 어느 날 저녁 함께 모여 한 잔 하던 자리에서 갑자기 떠올랐다. 이 명칭은 뭔가 비밀스러우면서도 학문적으로 들린다. 그럼에도 불구하고 특히 여자들은 매일 새로운 다이어트 방법을 원한다. 뭔가 마음에 직접 와 닿는 다이어트 방법을 생각해보라. '지옥불 다이어트', '악마와 함께 살 빼기' 또는 '암흑 속에서 살 빼기' 등과 같은 이름도 상관없다. 중요한 것은 뭔가 비밀스러우면서도 성공을 보장해줄 수 있을 것 같은 이름이면 된다.

구스타브 로스코프, 〈악마의 역사(1869)〉, 뇌르트링엔 1987

친애하는 악마 견습생들이여, 당신들도 이제 좀 즐겨볼 시간이다. 하루 저녁이라도 즐겁게 보내고 싶지 않은가? 그렇다면 작은 지옥불을 피워 놓고 유익하고 아름다운 책을 읽어보도록 하라. '악마의 역사'를 통해 당신은 우리 선조들이 수백 년에 걸쳐 문화적으로 미친 영향력을 긴장감 넘치고 흥미롭게 경험하게 될 것이다. 이집트에서, 바빌론, 그리스까지 그리고 성경에 대한 얘기를 거쳐 초기 근대에 대한 얘기까지 악마의 군주가 어떻게 이 세상에 영향을 미쳤는지 살펴볼 수 있다.

이나 뮐러, '차라리 셀룰라이트를'

지금까지 음식문제에 관한 한 30세 이상의 여자들은 우리들의 아주 좋은 목표집단이었다. 그들은 이상적인 미의 기준에 기꺼이 순응하고, 그에 따르고자 했다. 이제 그들은 다이어트를 할 뿐 아니라 이상적인 모습을 만들고 유지하기 위해 성형수술도 서슴지 않는다. 유감스럽게도 몇몇 자의식 강한 여자들이 신체적인 완벽함을 추구하는 여자들을 일깨우려고 시도한다. 예를 들어, 북부독일의 가수인 이나 뮐러는 반시대적 사고를 지닌 여자다. 그녀는 모든 여자들에게 어필할 수 있도록 신체현상에 대해 아름답게 노래한다. 예를 들어, '개성 없는 프로필보다는 차라리 셀룰라이트를 선택하겠다'라는 제목의 노래다. 이 노래는 유머를 섞어 불러 더욱 위험하다. 그러니 주의하라!

'그랜드 뷔페', 프랑스/이태리, 1973

'퇴폐적인', '역겨운' 등과 같은 영화평론가들의 경멸적인 평가는 우리에게는 칭찬이다. 이 영화를 통해 진탕 먹고 마시는 행위에 대한 기념비를 처음 세우게 되었다. 이 영화에서 네 명의 친구들은 주말 동안 배가 터지도록 먹음으로써 자살을 하려고 시도한다. 진탕 먹고 마실 뿐 아니라 방탕한 성관계와 매우 역겨운 배설물 장면도 등장한다. 딱 내 취향이다. 그들은 지옥과 같은 광란의 축제를 벌인다. 이 영화는 결국 모두 죽는다는 장엄한 결말로 끝이 난다.

희망의 언어들

철학을 하는 학자가 혼자서 식사를 하는 것은 건강에 해롭다.

- 임마누엘 칸트

과식하는 인간과 과음하는 인간은 음식과 술에 대해서 전혀 모르는 인간이다.

- 장 앙텔름 브리야사바탱

살기 위해 먹는 것이지 먹기 위해 사는 것이 아니다.

- 몰리에르

신은 우리에게 음식을 주셨고, 악마는 우리에게 요리사를 주었다.

- 이탈리아 속담

맛있는 음식은 근심도 잊게 한다.

- 오스트리아 속담

먹는 걸 보면 그 인간이 어떤 인간인지 알 수 있다.

- 독일 속담

천연재료로 만들어지지 않은 식품은 우리를 더욱 배고프게 한다.

- 베를하르트 폰 클레르보

제7강 환각증세에 대해서

환각상태일 때 이 세상을 살아가기가
훨씬 수월하다고 설득하는 방법

주제소개

    친애하는 악마 견습생들이여, 당신이 현혹자라고 한번 상상해보라. 당신이 이 세상과 한 남자를 창조했다. 그리고 그 남자 곁에 여자를 한 명 만들어 주었다. 그런데 두 인간은 당신의 믿음을 저버렸다. 이제부터 당신은 인간들이 당신의 기대로부터 얼마나 빠르게 벗어나는지를 고개를 저으며 관찰해야만 한다. 인간들은 험담을 하고 거짓말을 한다. 다른 인간을 슬프게 만들고 배신한다. 온힘을 다해 난도질하고 죽인다. 서로 평화롭게 살도록 당신이 모든 전제조건을 마련해 주었는데도 불구하고 말이다! 당신이 현혹자라면 어떻게 하겠는가? 맞다. 멀리 물러날 것이다. 그런 인간들을 더는 상대하고 싶지 않을 것이다! 굳이 그들이 불행을 향해 가겠다면 당신은 놔두고 그들끼리 가라고 내버려 둘 것이다! 여기까지는 좋다.

    그렇다면 인간들은 이 상황에 어떻게 반응할까? 인간들은 잔혹함의 세상에서 물러나지 않는다. 여기서 폭탄이 터지고, 저기서 기름 유출사고가 터지고, 여기서는 거액의 돈으로 저글링을 한 인간이 다른 인간들의 수십억 달러를 날려버리고, 저기서는 독재자가 자기 국민들을 노예로 만들어버린다. 또한 일상적인 잔혹함도 즐비하다. 폭력과 강간, 부패와 질병, 자금난과 거짓 등. 이 모든 메시지가 미디어를 통해 집안으로 그대로 전달된다. 그 누구도 피할 수 없다. 당신의 목표대상이 어디를 가든, 이 세상의 부당함이 그의 뒤를 따라다닌다. 문을 닫아버리거나 이제 막 해가 떠오르는 바다 저 멀리 도망칠 수도 있을 것이다. 하지만 끔찍한 현실은 그가 어디를 가든 낚아챈다. 그리고 만약 당신의 목표대상이 '모두 잘될 거야'라는 애매모호한 현혹자의 약속을 믿고 싶어 한다 해도 현실은 매일 그와 정반대되는 일들을 증명해 보여준다.

그렇게 좌절하는 인간들을 보는 것은 우리에게는 아주 다행스러운 일이다. 그렇지 않은가? 당신의 생각이 확실히 맞다. 우리는 상대방의 오류를 통해 이익을 얻을 수 있다. 그러나 그것만으로는 만족할 수 없다. 더욱 적극적으로 한 발 더 나아가라. 이것이 우리의 신조다. 그러니 좀 더 생각해보자. 좌절하고 있는 인간에게 가장 필요한 것은 무엇인가? 그렇다. 그들을 비참한 상황에서 구해줘야 한다. 그러니 그들의 손을 잡고 유일한 도피처로 데려가라. 언제 어디서나 찾을 수 있고, 효과적인 도피처가 있다. 내가 무엇을 말하는지 알겠는가? 그렇다, 바로 환각을 일으키는 것들이다!

인간들이 걱정으로 가득 차 있는 일상의 비애로부터 벗어나 화려하고 아름다운 세상으로 갈 수 있도록 돕는 보조수단은 많다. 술에서부터 담배 그리고 마약 등. 나는 여기서 일상적으로 소비되는 술과 담배에 대해 설명할 것이다. 친애하는 악마 견습생들이여, 이처럼 창조적인 방법으로 삶을 극복하고자 하는 인간이 바로 당신이 점찍기 좋은 대상이다. 그들을 지속적인 환각상태에 머물게 하는 것이다. 이는 당신과 당신의 목표대상 모두에게 마찬가지다. 환각상태와 현실을 계속해서 오갈 필요가 있을까? 지속적인 환각상태가 그들에게 제시해야 할 비전이다. 그들을 괜히 겁먹게 하지 않기 위해서는 이런 환각상태를 다른 말로 부를 수도 있다. '델리리엄(섬망)'이라는 외국어를 사용함으로써 환각상태에 뭔가 지적인 성격을 부여할 수 있다.

그런 상태를 어떻게 부르는지는 별로 중요하지 않다. 정말 중요한 것은 당신의 작품이 어떤 결과를 가져오는가 하는 것이다. 첫 번째 환각경험을 얼마나 매혹적으로 마련해주는지에 따라 목표대상은 당신이 선택한 물질에 더욱 빨리 중독될 것이다. 그들의 정신과 육체는 마치 안개에 싸여 있는 듯한 상태가 될 것이다. 목표대상으로부터 금단현상이 발견된다면, 소위 당신의 작품은 완성단계에 있는 것이다. 그렇게 되면 그들은 당신이 개입하지 않아도 스스로 정기적으로 환각상태에 빠지게 될 것이기 때문이다. 당신은 단지 그들이 자기 자신을 돕도록 도움을 준 것뿐이다. 이보다 더 아름다운 일이 어디 있겠는가? 한 가지 사실은 분명하다. 즉, 중독된 인간은 누구든 현혹자의 왕국에서 쫓겨날 것이다. 몽롱한 채 삶에 무심한 인간은 삶에 적극적으로 참여할 수 없게 된다. 암흑군주는 성공적인 결과를 가져온 당신에게 매우 고마워할 것이다!

유혹의 기술

'갈망'이라는 말에는 우리의 암흑세계가 어느 정도 포함되어 있다. 만족스러운 삶을 갈망하고 자신의 현실에 불만을 품고 있는 인간은 그것이 어떤 중독이든 중독에 빠지기 쉽다. 갈망과 불만이 적절하게 잘 조화되었을 때 당신이 뿌리는 씨앗이 잘 자랄 수 있는 토양이 마련된다. 어떤 무기를 선택할지는 당신 몫으로 남겨두겠다. 어떻게 하면 성공할 수 있는지는 당신의 목표대상의 어떤 부분을 자극하면 될지에 따라 달라진다. 이 점에 있어서는 그의 상황에 완전히 감정이입할 수 있는 당신의 능력이 절대적으로 필요하다. 섬세한 감각으로 그의 상태를 잘 관찰하고 나면, 우선 그에게 사용할 수 있는 두 가지 보편적인 가능성을 발견하게 될 것이다. 그것은 담배와 술이다.

담배

가장 널리 퍼져있는 중독수단이 바로 담배다. 담배는 인간들을 진정시키는 특성을 가지고 있다. 즉, 정신을 몽롱하게 만드는 것이다. 이는 말 그대로의 의미일 뿐만 아니라 전이된 의미에서도 그렇다. 천천히 위로 올라가는 담배 연기를 통해 세상을 바라보면 모든 것이 아름다워 보인다. 경계가 흐릿해지고, 인간과 사물들이 마치 매혹적인 베일을 쓰고 있는 것처럼 보인다. 이는 심지어 낭만적인 감정을 불러일으키기도 한다. 이는 많은 부분 우리 조력자들의 성공적인 작업 덕분이었다. 그들의 상상력은 담배산업의 광고에 큰 자극을 제공했다. 광고에서는 외로운 카우보이가 혼자서 말을 타고 협곡을 가로질러 달리다 모닥불에 담뱃불을 붙인다. 당신에게 용기가 필요하다면, 이 광고를 한번 찾아보라. 정말 우습지 않나. 황량한 대초원에서 담배는 도대체 어디서 생긴 걸까? 그 남자처럼 담배를 핀다면 아마도 안장 주머니 가득 담배를 넣고 다녀도 부족할 것이다. 어쨌든 인간들은 그 카우보이의 만족스런 표정을 좋아한다. 그가 드러내고 있는 기분 좋은 감정은 자유와 모험에서 만들어진 것이다. 커피콩을 바로 갈아 만든 따뜻한 커피에서 올라오는 김과 함께 저녁노을을 향해 원을 그리며 뿜어져 나가는 담배연기 – 이 얼마나 멋진 풍경인가!

현혹자가 오래 전부터 성공적으로 활동해서 결국 담배광고를 금지시켰다는 사실이 무척 유감스러울 따름이다. 이제 우리는 그 카우보이의 얼굴이 어떻게 변했을지 알 수 없게 되었다. 어쩌면 그 카우보이는 아침안개가 짙게 껴 있을 때 텐트에서 기어 나와 커다란 담뱃갑의 비닐을 벗길 것이다. 아침식사 대신 아직 불씨가 남아있는 모닥불에 첫 담뱃불을 붙이고 연기를 깊이 들이마신다. 그 다음 장면은 장소가 바뀌어 있다. 기관지에 삽입된 내시경 화면으로 카우보이의 간 표면에 타르와 니코틴이 붙어 있는 모습이 보인다. 타르 침전물이 마치 거친 서부와 평화롭게 풀을 뜯어먹는 들소 떼 사이로 곧게 뻗어있는 아스팔트처럼 쫙 깔려 있다. 이런, 내가 너무 상상에 빠져들었군.

138

하지만 친애하는 악마 견습생들이여, 우리의 환각 전략을 더욱 완벽하게 연출하는 것이 당신의 임무다. 담배를 칭송하라. 담배는 우리의 신체를 가벼운 환각상태로 만들어준다. 아주 잠깐 동안 감각이 뚜렷해졌다가 그 다음에는 다시 둔해지고 생각은 온통 언제 또 담배를 피울지에 몰두하게 된다. 담배를 피우는 것이 즐거운 경험이라는 확신을 갖게 된다. 이미 환각상태가 효과를 보이는 것이다. 우리의 전략 덕분에 흡연자는 그들이 어떤 물질을 '즐기고' 있는지 완벽하게 잊게 된다. 담배 한 개비를 피울 때 약 1만 2천 가지 물질이 나온다. 포름알데히드, 청산과 같이 의미심장한 물질부터 일산화탄소와 벤졸, 아세트알데히드 그리고 다환방향족탄화수소까지. 이들은 모두 지하세계의 연구소에서 만들어진 물질로 암을 유발한다는 사실을 나는 자랑스럽게 당신에게 알려주겠다!

타르와 니코틴을 선두로 한 이 물질들은 우선적으로 내면적인 환각에 효과적이다. 그렇게 되면 신기하게도 이 세상은 훨씬 더 수월해 보인다. 카우보이가 에너지 넘치는 모습으로 야생마를 길들이듯이, 흡연자들도 자신의 문제를 해결할 수 있을 것이라고 생각하게 된다. 그 다음 이 물질들은 중독을 유발한다. 우리의 정신은 계속해서 환각상태를 원하게 되고, 우리의 신체는 정기적으로 담배를 피우고 난 뒤에 마치 숨을 쉬기 위해 공기를 필요로 하듯이 또 다시 담배를 원하게 된다. 당신의 목표대상이 이 상태에까지 이르렀다면 환각의 요소를 더욱 강화시킬 수 있는 또 하나의 친구를 투입할 수 있다. 그것은 바로 술이다.

술

　'우리가 힘들 때 술은 좋은 친구가 되어 준다' 고 독일의 록이 노래한다. 음악가들은 술로 인한 환각 경험을 특히 많이 표현한다. '조니 워커, 너는 나의 가장 좋은 친구야!' 라고 한 100일 정도 밤새 술을 마신 듯한 목소리로 한 가수가 노래한다. 이 노래로 우리의 악마 동료는 지옥 훈장을 받았다. 그에 대한 포상은 우리가 그와 같은 길을 걷도록 자극했다. 우리의 목표대상이 술을 자신의 가장 가깝고 위안이 되는 친구라고 부를 정도로 만들게 되면, 우리는 2주 동안 특별 휴가를 받게 된다.

　하지만 당신이 알아야 할 사실 하나는, 술로 인간의 갈망을 더욱 효과적으로 배출하게 만들고 결승점을 향한 마지막 직선코스로 유도할 수 있다는 것이다. 결승점에는 '암흑의 나라에 온 것을 환영합니다' 라고 씌어 있는 기가 펄럭이고 있다. 술은 담배보다 효과가 더 강하다. 게다가 술에는 독성의 향도 없으며, 호흡곤란도 유발하지 않는다. 담배를 피우는 인간처럼 폐암이나 다리혈관협착과 같은 부작용도 나타나지 않는다. 오히려 '독일 맥주순수령에 따라 만들어진 맥주' 라고 씌어 있어서 맥주가 마치 건강에 좋을 것 같은 느낌이 들게 한다. 속담에 따르면 와인을 마시는 인간은 진실에 가깝다고 한다. 슈납스(감자나 곡물로 만든 독일식 소주-역자주)는 숲속에서 흐르는 물처럼 맑다. 위스키는 스코틀랜드의 곡식들판의 자연 에너지를 품고 있으며, 우조(그리스 술), 그라빠(이태리 술) 그리고 데킬라(멕시코 술)는 매혹적인 남부지역 나라의 정취를 물씬 풍긴다. 그러니 그런 술을 매일 한 잔씩 마시지 못할 이유가 있겠는가?

그럼에도 당신의 목표대상이 처음으로 술을 마신다면, 우선 약간의 거부반응을 일으킬 것에 대비해야 한다. 중요한 문제와 함께 술잔을 건네 그를 굴복시킬 수 있다. 돈, 남녀관계, 직장생활 등 어떤 문제든 상관없다. 적당한 순간에 적당한 술 종류를 고르면 그의 문제가 가진 심각성은 가벼워질 것이다. 바로 이런 경험이 '술이 도움이 된다'는 생각의 기본바탕이 된다. 이런 삶의 지혜가 뇌간에 한번 둥지를 틀게 되면, 해결해야 할 문제의 폭을 당신은 점점 더 확대할 수 있다. 의식이 뚜렷한 상태로 갈등상황에 대응하면 불편할 뿐만 아니라 대체로 빠른 결과도 볼 수 없다. 대화를 해야 하고, 협상을 해야 하고, 상대방의 관심사와 바람을 자신의 것과 조율해야 하고, 새로운 것을 시도하고, 자신의 태도도 항상 주의해야 한다. 술은 그 모든 문제를 마술과 같이 간단하게 해결해준다. 문제의 심각성이 클수록 술의 양을 더욱 늘려야 한다.

이때 물론 그에 따르는 결과에 대해서도 항상 염두에 두어야 한다. 가족과 친구들이 당신의 목표대상의 '새로운 친구'를 항상 좋게 받아들이지는 않을 것이기 때문이다. 당신이 과제를 제대로 수행하고 있다면, 분명 그들에게 술은 경쟁상대로 생각될 것이기 때문이다. 당신의 목표대상은 실제로 가족이나 친구들보다 술과 함께 더 많은 시간을 보낼 것이다. 이런 상황에 대한 그들의 반응으로는 두 가지 가능성이 있다. 첫 번째는 당신의 영향을 받은 경우이다. 당신의 목표대상이 보이는 유쾌한 기분에 휩쓸려 그들도 같이 술을 마시는 것이다. 또 다른 반응은 좀 더 복잡한 경우인데, 이런 경우에는 당신이 더욱 적극적으로 개입해야 할 필요가 있다. 즉, 가족이나 친구들이 술과의 전쟁을 선포함으로써 적신호가 켜지는 것이다. 작은 신호에도 주의하라. 당신의 목표대상이 술을 사다 달라고 했을 때 그들이 거절하는가? 그가 알코올 중독이라고 대놓고 말하는가? 그가 술을 마시면 피하는가? 그러면서 술이 깨면 음주와 건강상태의 관계에 대해 얘기하는가? 그들이 알코올 문제를 극복할 수 있는 데 도움이 되는 방법을 찾아다니는가?

후자의 경우라면 당신은 집중하여 전투력을 사용할 필요가 있다. 목표대상에게 지속적으로 술을 제공할 수 있는 방법을 찾아라! 그가 자신의 가장 소중한 친구인 술과 단 둘만 있을 수 있는 공간을 마련해줘라! 특히 '알코올중독자협회(Alcoholic Anonymous)'처럼 인내심을 가지고 많은 알코올 중독자들을 현혹자의 편으로 다시 데려간 단체와의 접근은 필사적으로 막아라. 당신에게 더 이상 버틸 힘과 아이디어가 부족하다면, 지옥을 향해 기도하라. '지옥에 계신 우리 아버지, 오늘날 우리에게 일용할 환각제를 주시옵고!'

항변코너

이 강의를 하면서도 계속해서 경고를 해야 할 필요성을 느낀다. 죽을병에 걸린 인간들이 정말 죽을 고비를 넘기고 나서 살아나는 경우를 보고, 당신의 목표대상도 몽롱한 상태임에도 불구하고 갑자기 마지막 담뱃불을 끄거나 마지막 술잔을 내려놓는 일이 생길 수 있다. 우리의 암흑군주가 보관하고 있는 편지에서 우리의 한 형제가 이룬 아주 멋진 성공과 실패에 대한 내용을 살펴볼 수 있을 것이다.

악마가 없다는 말은 나에게 절대로 하지 말라. 나는 직접 악마를 경험했다. 아니 그 이상이었다. 나는 소위 '악령' 에 사로잡혀 있었다. 몇 년 아니 몇 십 년 동안 나는 그를 상대로 싸웠다. 그리고 마흔두 살이 된 지금에서야 나는 그를 이길 수 있었다. 그는 자신의 진짜 이름은 나에게 말해주지 않았다. 편의상 나는 그를 '스모키' 라고 부른다. 물론 아주 독창적인 이름은 아니다. 신화에도 나오는 이름이니까. 하지만 그에게 딱 어울리는 이름이다. 스모키는 그의 보스로부터 하나의 임무를 부여받았다. '우베 비른슈타인이 담배를 피우게 만들어라. 그리고 나서 절대 담배를 끊지 못하게 하라!' 그의 사탄왕은 심지어 스모키에게 죽음의 권한까지 부여했다.

그러나 몇 주 전부터 스모키는 완전히 토라져서 나의 왼쪽 새끼 발가락에 쪼그리고 앉아 있다. 간, 후두 그리고 입처럼 그가 제일 좋아하던 자리에서는 완전히 쫓겨났다. 그리고 머릿속에서도 완전히 사라졌다. 스모키는 머릿속에 있는 걸 가장 좋아했다. 그것도 바로 이도(ear canal) 뒤에 앉아서 속삭인다. '자, 담배 한 개비 펴 봐! 뭐 어때서 그래!' 라고 속삭이는 소리가 아직도 들리는 듯하다. 나는 그의 목소리를 좋아했었다. 흔히 표현되는 악령의 목소리와는 전혀 달랐다. 그의 목소리는 기이한 울림이 있거나 소름끼치는 목소리가 아니었다. 그의 목소리는 상냥하고, 사랑스럽고, 부드러웠다. 내가 그를 상대로 싸우면 싸울수록 그의 목소리는 더욱 완벽해졌다.

　우리가 알고 지낸 지는 상당히 오래 되었다. 당시 나는 열다섯 살이었고, 너덜너덜 풀린 청바지와 가죽모자를 쓰고 있었다. '저기 봐, 네 친구들이 담배를 말고 있네! 네덜란드 담배다······. 너도 피울 줄 알지, 그렇지?' 나는 스모키의 도전을 기분 좋게 받아들이고, 그 이후 학교에서 담배를 가장 잘 마는 학생이 되었다. 다른 아이들은 내가 능숙하게 담배 마는 모습을 부러운 듯 바라보았다. 일거양득이다. 스모키는 보스로부터 그의 첫 훈장을 받았고, 나는 모든 아이들의 존경을 받으며 자랑스럽게 교정을 거닐 수 있었다.

　스모키와 함께 보낸 아름답고 편안한 몇 년의 시간이 흘렀다. 나의 기분이 좋지 않을 때마다 나의 악마친구는 내 기분이 다시 좋아지도록 도와주었다. 이제는 정반대로 내가 그의 기분을 맞춰주는 일도 생겼다. 스모키는 나의 일부가 된 것 같았고, 나는 본능적으로 그의 기분을 알아차렸다. 경솔하게 담배 피우는 일을 까먹게 되면 그는 투덜거린다. 그러면 나는 진심어린 동정심으로 그에게 담배를 물려준다. 나는 언제나 그의 존재를 갈망했다. 우리는 떼려야 뗄 수 없는 사이가 되었다.

하지만 몇 주 전부터 우리는 남남이 되었다. 내가 끝낸 것이다. 확실하게. 그리고 이번에는 그도 잘 알고 있다. 내가 돌아갈 가능성이 전혀 없다는 것을. 20,805개비의 담배면 이제 충분하다. 스모키는 무척 놀라워하고 있다. 그는 나를 잃게 되었음을 느끼는 것이다. 그럼에도 그는 완전히 포기하지는 않았다. '어이~ 왜 이런 즐거움을 포기하려고 해?' 라고 내게 속삭인다. 특히 좋은 와인이나 커피가 내 몸속으로 흘러들어가는 소리가 들리면 스모키는 용기를 내어 숨어 있던 곳에서 뛰쳐나온다. '지금 여기에 담배를 한 개비 살짝 피워주면 정말 기분 좋지 않겠어?' 라고 그의 목소리가 유혹한다. 그는 내가 유혹에 넘어가기를 기다린다. 내가 더 이상 유혹에 넘어가지 않게 된 이후로 나는 그를 이긴 것이다. 이건 비밀인데, 나는 더 이상 그와 싸우지 않는다. 그렇기 때문에 나는 이긴 것이다. 그가 계속 떠들게 놔둘 뿐이다. 어쩌면 우리는 언젠가는 더 이상 담배가 아닌 다른 주제에 대해 대화를 하게 될 수도 있을 것이다. 어쩌면 우리의 우정이 새롭게 만들어질 수도 있다.

그때까지 나는 스모키를 가둬 둘 것이다. 악마도 악령도 없다고 하는 인간들에게 '나는 악마의 손아귀 안에 있었다' 라고 대답한다. 그러면 상대방은 놀라는 표정을 보이곤 한다. 특히 내가 왼쪽 새끼발

가락을 가리키며 '스모키라고 하는 녀석인데, 여기 살아요. 물론 이
제는 조용히 살고 있지만!' 이라고 말하면 그들은 더욱 놀라는 표정을
한다.

악마의 추천

 C.S. 루이스, 〈스크루테이프의 편지〉

당신이 빠져도 되는 유일한 환각상태는 학습이 주는 환각상태이다. 당신의 첫 번째 성공이 또 다른 새로운 그리고 상상력 풍부한 유혹을 시도하도록 자극할 수 있으려면, 결코 호기심을 잃어서는 안 된다! 지금 당신이 읽고 있는 나의 책이 어느 날 당신의 지식에 대한 욕구를 더 이상 충족시켜주지 못할 수도 있다. 그러면 C.S. 루이스의 책을 읽어라. 지금 내 책이 당신을 위한 책이라면, 이전에 루이스의 책은 나를 위한 책이었다. 스크루테이프라 불리던 예전의 악마 견습생은 당신처럼 영리하다. 그는 웜우드라는 조카를 교육시키는데, 나는 그를 모범으로 삼고 있다.

자크 카조트, 〈사랑에 빠진 악마(1772)〉, 2006

특히 사랑에 빠지면 인간은 진정한 암흑세계에 빠지기 쉽기 때문에, 이는 매우 환영할 만한 상황이다. 많은 작가들이 그런 상태에 대해 글을 썼는데, 내가 특히 감동받은 책을 하나 소개하겠다. 자크 카조트는 18세기에 살았던 인물인데, 그는 〈사랑에 빠진 악마〉에서 알바로라는 젊은 남자 주인공을 사랑에 빠지게 한다. 매혹적인 여인으로 인해 알바로는 서서히 감각을 잃고 결국 망가진다. 그가 알지 못했던 사실 하나는, 악마가 그 여인을 조종하고 있었다는 것이다.

마리우스 뮐러 – 베스턴하겐, '조니 워커'

이 남자는 술의 의미를 잘 이해하고 있다. '조니 워커, 너는 나를 한번도 실망시킨 적이 없어. 너는 나의 가장 좋은 친구야'라고 마리우스 뮐러는 위스키에게 바치는 노래를 하고 있다. 이 아름다운 발라드를 통해 얼마나 따뜻한 사랑이 전해지고 있는지! 그의 깊은 애정을 이처럼 짧고도 강하게 표현할 수 있다는 건 얼마나 대단한 예술인지! '나는 시도해봤지만, 너 없인 못 살겠어. 왜 그래야 하는데? 넌 정말 내 맘에 드는 걸!' 그는 계속해서 노래한다. '너처럼 내 말을 잘 들어주는 인간은 없어. 조니, 절대 내 곁을 떠나지 마!' 이 노래를 모든 알코올 중독자들에게 들려주도록 하라.

'홀리 스모크', 미국/호주 1999

케이트 윈슬렛은 내가 매우 좋아하는 여배우 중 한 명이다. 타이타닉의 대참사를 가슴 아프도록 잘 연기했기 때문만은 아니다. 타이타닉은 약 1,500명을 바다 속에서 익사하게 만들었다. 그 이후 배를 타는 인간들은 항상 두려움을 가지게 되었다! 또 다른 영화에서도 케이트 윈슬렛은 멋진 연기를 보여주고 있다. '홀리 스모크'에서 그녀는 어떤 구루에게 빠져서 헤어나오지 못한다. 그 구루는 그녀를 정신적인 몰락으로 이끈다. 정말 우리 맘에 쏙 드는 권력싸움이다!

희망의 언어들

환각상태는 봐줄 만하지만, 알코올 중독은 그렇지 않다.

- 마틴 루터

술이 없으면 해결점도 없다.

- 독일 속담

환각상태를 한번도 경험하지 못한 인간은 착한 인간이 아니다. 자신의 갈증을 1/8리터짜리 와인 한 잔으로 충족시키는 인간은 차라리 시작하지 않는 게 낫다.

- 요아힘 페리네트

사랑하고, 살고, 담배 피우고, 술 마시고 - 그 다음은 의사에게 의지해야 한다.

- 독일 속담

이성의 목소리는 다행하게도 아주 작아서 그 목소리를 자주 들을 수 없다.

- 장 폴

참을 수 없는 압박감에서 벗어나기 위해서는 마리화나가 필요하다.

- 프리드리히 니체

제8강 돈에 대해서

돈이 행복을 가져다준다고 믿게 만들어라

주제소개

  '돈에 대한 탐욕은 모든 악의 근원이다'. 현혹자가 그의 책에서 쓴 말 중에 위의 말은 예외적으로 괜찮은 주장이다. 하지만 그가 아무리 경고하고 꾸짖어도 돈의 권력을 사라지게 할 수는 없을 것이다. 신앙도 사랑도 희망도 아닌, 오직 돈이 이 세상을 지배하고 있다. 'Money makes the world go round(이 세상이 돌아가게 하는 것은 돈이다)' 라고 했다. 그런 사실을 현혹자도 우리와 마찬가지로 잘 알고 있는 것이다. 이때 암흑군주의 부대는 천국의 동료들보다 훨씬 유리한 조건에 있다. 우리의 유혹방법 중에서 돈이 가장 강력한 수단이 되기 때문이다. 돈만 있으면 거의 모든 인간을 그들이 가지 않으려고 했던 길로 데리고 갈 수 있다. 지금까지 나는 돈을 포기한 인간을 한번도 본 적이 없다.

  친애하는 악마견습생들이여, 이제부터 당신들에게 아주 유익하고 아름다운 이야기를 들려주겠다. 예를 들어, 불법으로 착복한 보너스를 더 높은 이자를 주는 외국계좌에 입금해놓는 경영자라든지, 백만장자가 그의 집에서 일하는 노동자들에게 저임금을 지불하고 노동력을 착취할 뿐 아니라 보험도 들어주지 않는 경우 등이다. 또는 자신이 가지고 있지도 않은 것을 팔아 금융사기를 치고 그렇게 전 세계 은행을 뒤흔들어놓은 인간이라든지, 허접한 고기를 '신선한' 고기라고 포장하여 마트에 내놓아 엄청난 돈을 긁어모은 대형 고기유통업체라든지, 안전검사에 쓰일 돈을 절약해 결국 기름유출파동을 일으킨 오일재벌 등이 있다. 사기꾼과 도둑, 장물아비와 1,000유로만 주면 누구든 죽여주는 킬러까지. 이 세상에는 심지어 돈 때문에 자식을 파는 부모도 있다.

현실이라고 보기에는 너무도 아름다운 이야기가 아닌가. 책 속에서만 일어나는 일이 아니라 실제 삶에서 우리의 암흑군주에게 영혼을 파는 일이 일어나고 있는 것이다. 돈은 현혹자보다도 강하다. 신자들조차 돈을 주무르는 인간들을 그보다 더 추종한다. 목사, 신부, 주교 또는 텔레비전에 등장하는 전도사들보다 돈이 더욱 강력하다는 사실은 우리 지옥에서는 엄청난 기쁨을 의미한다. 우리는 특히 성직자가 현혹자의 돈을 횡령하고 회개의 표정을 지으며 자신의 잘못을 고백하는 상황이 발생할 때 열정적인 파티를 벌인다. 이 얼마나 멋진 일인가!

돈이 지닌 유혹의 잠재성을 테스트해보고 싶은가? 이는 어느 나라든 그리고 어떤 인간이든 다 통한다. 부자든 가난한 인간이든, 남자든 여자든, 경영자든 실업자든 마찬가지다. 돈은 모든 차이를 의미 없게 만든다. 단지 돈을 중요하게 생각하지 않는 극히 일부의 인간들이 있다. 그 외의 다른 인간들은 모두 더 많은 돈을 원한다. 적게 가진 인간은 당연히 더 많은 돈을 원하지만, 많이 가진 인간도 더 갖기를 원한다. 지폐 몇 장을 그들 눈앞에서 흔들어 보이는 것만으로도 그들을 비양심적인 행동도 서슴지 않는 꼭두각시로 만들 수 있다.

물론 돈을 흔드는 기술은 배워야 한다. 돈으로 접근할 때는 너무 노골적으로 접근해서는 안 된다. 뇌물을 주는 인간도 비밀스럽게 접근한다. 그러니 단지 돈만의 문제가 아닌 것처럼 접근하는 것이 중요하다. 말할 필요도 없지만 동전이나 지폐는 비교적 가치 없는 물질로 만들어져 있다. 중요한 것은, 그리고 인간들의 의식에 큰 영향을 미치는 것은 돈이 갖고 있는 가능성이다. 돈은 권력을 가져다주고, 원하는 바를 곧바로 충족시켜주고, 섹시하거나 매력적인 파트너를 찾게 해주고, 남자는 더 빨리 달리는 자동차를 살 수 있게 해주고, 여자는 명품 옷을 입을 수 있게 해준다. 돈이 있으면 모든 인간들에게 '나는 성공한 인간이야. 너희들보다 훨씬 잘난 인간이라고' 라고 내세울 수 있는 지위의 상징을 더 많이 사들일 수 있는 것이다. 이렇게 말할 수 있다는 것이 우리에게는 얼마나 중요한 일인지는 명백하다.

당신이 돈으로 인간들을 유혹하고 싶다면 돈이 아니라 그들의 자기가치의식을 보장하는 방식으로 접근해야 한다. 그들의 보잘 것 없는 삶이 뭔가 특별해질 수 있다는 환상으로 다가가야 한다.

프랑스의 니스나 모나코에서 요트를 타거나, 골프를 치거나, 고급클럽에 들락거리는 신흥부자들을 보여줘라. 마치 중요한 인간이라도 되는 듯 허영심으로 가득한 그들이 이 세상이 전부 자기 것이라고 말하는 모습을 보라. 그들은 파티를 하고 있지만 정작 사회생활은 비켜가고 있다. 조금만 깊이 생각해보면, 그들에게는 여유와 통찰력이 없다는 사실을 알 수 있다. 그들은 더 이상 현혹자들이 상대할 수 없는 인간들이다. 돈에 비판적인 현혹자들의 사상이 그들의 명품 신발에 대해 꾸짖고 있기 때문이다. 부자는 암흑세계에 가까워지기가 쉽다. 이 점에 대해서도 현혹자는 다음과 같이 아주 인상적으로 표현하고 있다. '부자가 하늘나라에 들어가는 것은 낙타가 바늘구멍을 통과하는 것보다 어렵다' 자, 더 이상 뭘 기다리는가?

유혹의 기술

'일 년 중 지금이 캐시 박스가 가장 아름다운 소리를 내는 것 같은⋯⋯.' 크리스마스 사업에 대한 비판을 이렇게 표현하다니! 짤랑거리는 동전 소리는 이 세상에서 가장 아름다운 소리 중 하나이다. 금속끼리 부딪치는 소리 – 차갑고, 만족감이 연상되고, 그 소리를 듣는 인간의 머릿속에서는 산처럼 가득 쌓여 있는 돈더미가 떠오른다. 이를 시각적으로 묘사하는 일을 만화가들이 실천에 옮겼다. 그 일을 아주 인상적으로 잘 해내서 거의 모든 인간들이 세상에서 가장 부자 오리인 '다고버르트 덕(도날드 덕의 삼촌–옮긴이)'을 알 수 있게 되었다. '다고버르트 덕'은 환상 속에 존재하는 엄청난 부자이며 구두쇠인데, 가끔씩 잔뜩 쌓여 있는 동전더미 속으로 다이빙을 하고 그 안에서 목욕을 즐긴다. 그는 돈을 쌓아두는 특별한 보관장소 이외에도 모자에 특별한 잠금장치를 해놓고 그 안에 자신이 처음으로 번 돈을 보관해두었다. 그 돈이 이후 부유함의 바탕을 마련해준 것이다.

다고버르트가 비록 과장되게 그려지기는 했지만 그의 행동에서는 배울 점이 많다. 첫째, 자신의 돈을 항상 확인하는 게 중요하다. 둘째, 자신이 부자라는 사실을 누구나 알 수 있게 해야 한다. 셋째, 많이 가진 인간은 적게 써야 한다. 이와 같이 수십 년 동안 아이들에게 무해하다고 여겨지는 만화를 통해 이런 사상이 전달되었다는 사실이 내게는 무척 기쁜 일이다. 어린이 성경과 현혹자의 작품에 맞대응하기에는 이런 만화가 교육적으로 아주 좋은 작품이다. 어릴 때 기반을 잘 다져놓으면 성인이 되어서 꽃봉오리로 피어날 것이다. 그리고 당신이 제대로만 관리하면 그 이후에는 아름다운 꽃으로 피게 될 것이다. 달리 표현하자면, 돈이 삶에서 첫 번째 자리를 차지하게 만드는 것이 매우 중요하다. 이를 위해 다섯 가지 조언을 하겠다.

빚으로 사도록 조장하라!

뭔가를 사고 싶은데 돈이 없다? 전혀 문제되지 않는다! 자동차든, 휴가여행이든 또는 집안을 꾸미기 위한 설비든, 원하는 것이면 그것이 무엇이든 돈이 없어도 살 수 있다. 단지 돈이 없어서 자신이 갖고 싶은 것을 살 수 없다는 생각을 나로서는 도저히 이해할 수 없다. 그래서 우리 암흑국가의 재무관리자는 누구나 원하는 물건을 사고 나중에 조금씩 갚는 방식을 도입해 문제를 해결해주었다. 은행들은 까다로운 신용 확인 절차도 없이 돈을 내준다. 물론 높은 이자가 붙는다. '지금 사고 나중에 지불한다'는 대안도 매우 좋은 방법이다. 통신판매 상품의 경우 일단 물건을 사고 90일 후에 지불하는 방식이 가능한 것이다. 구매자는 90일 뒤에는 분명 지금보다 돈이 더 많을 것이라고 착각하기 때문에 이 방법은 매우 효과적이다. 어쩌면 당신은 인간들을 이런 함정으로 유인할 수 있는 효과적인 방법을 더 찾아낼 수도 있을 것이다!

빚더미에 앉게 하라

쉽게 물건을 살 수 있을수록 당신의 목표대상은 더욱 깊은 빚더미에 빠지게 될 것이다. 언젠가는 자신이 지불해야 하는 빚이 어느 정도인지조차 알 수 없게 될 것이다. 그러면 그의 우편함에는 계속해서 경고장이 늘어날 것이다. '지난달에 지불했어야 할 할부금이 아직 지불되지 않았음을 알려드립니다', '90일 간의 입금 대기기간이 만료되었음을 알려드립니다', '바로 입금해주시기 바랍니다……' 등등. 하지만 돈이 없는데 어떻게 입금할 수 있겠는가? 이제 당신의 목표대상은 밤에도 잠을 이루지 못할 것이다. 그러다 보면 마지막 단계에 도달하게 될 것이다. 그는 이제 편지봉투를 열어보지도 않고 바로 쓰레기통에 버린다. 등기로 도착한 우편물도 마찬가지다. 언젠가는 등기를 전달하기 위해 우체부가 벨을 누르는 일도 없게 될 것이다. 이제는 집달관이 집으로 찾아오는 일만 남아있다. 옷장과 텔레비전에 압류딱지를 붙이는 동안, 여러 곳의 계좌로 지불되어야 하는 이자가 계산된다. 결국 당신의 목표대상은 더 이상 도망칠 곳도 없는 상황에 놓이게 된다. 빚은 무거운 납덩이처럼 그의 어깨를 짓누르고 숨조차 쉬기 힘들어진다. 그것이 당신에게는 멋진 성공을 의미한다.

구두쇠가 멋지다고 하라!

종종 학자들이나 현혹자의 일꾼들보다 일반 서민들이 삶의 의미를 더욱 잘 파악하고 있는 듯하다. '인색한 게 짱이다!' 라는 거대 전자제품체인점의 슬로건이 있다. 하지만 이런 전략이 서민들의 지혜를 잘 대변하고 있기 때문에 어쩌면 지금처럼 이렇게 폭넓은 반응을 얻게 되었을지도 모른다. 돈을 계획 없이 쓰는 것은 좋지 않다. 당신의 목표대상이 돈을 쓰려고 할 때마다 조심하라고 경고하라. 텔레비전이나 냉동피자를 살 때도 항상 어디 더 싼 곳이 없나 생각해보게 만들어야 한다. 천냥백화점이 있는데 왜 일반 가게에서 사려고 하는가? 여기 있는 이 햄버거를 정말 먹어야 할까 아니면 재료를 사다가 집에서 직접 구워 먹을까? 이런 질문들을 항상 머릿속에 떠올리게 해야 한다. '도대체 어떻게 하란 말인가? 돈을 많이 써야 한다면서 또 다른 한편으로는 인색해야 한다고?' 라고 당신은 생각할 것이다. 악마 견습생이여, 인간의 삶은 전혀 논리적이지 않다. 기분에 따라 달라지는 것이다. 당신의 목표대상이 물질적인 가치를 중요하게 생각한다면, 인생과 삶의 의미에 대한 본질적인 질문은 서서히 잊어버리게 될 것이다. 그러므로 그에 대한 대안도 잘 세워야 한다. 인색함과 낭비는 칼의 양날과 같다.

기부를 막아라!

돈을 지불하면 반드시 보상이 따라야 한다. 이것이 당신의 목표대상이 따르는 원칙이어야 한다. 근본적으로 어떤 종류의 기부도 그 원칙에 대한 모순이다. 아무런 보상도 주어지지 않는데, 돈을 지불하는 것은 미친 짓이다. 궁핍하고 가난하고 재난을 겪는 인간은 어느 시대에나 항상 존재해왔고 앞으로도 계속해서 존재할 것이다. 그런 인간들을 위해 1유로를 기부하든 1,000유로를 기부하든 상황은 전혀 달라지지 않는다. 1유로든 몇 억 유로든 그 돈은 뜨겁게 달궈진 돌 위에 떨어진 물방울처럼 흔적도 없이 무의미하게 사라질 것이다.

이런 맥락에서 현혹자의 작품을 유지하는 기관을 위한 종교세에 대해 언급할 필요가 있다. 확실한 사실 하나는 교회가 현재 차고 넘친 다는 것이다. 그들은 이윤과 성과를 중요하게 여기지 않는다. 그들은 '예배' 드리러 오는 인간들에게 입장료를 받지 않는다. 그들은 굉장 히 많은 인간들이 돈과 전혀 관련이 없는 다양한 테마에 대한 대화를 나누고 생각해보게 한다. 당신의 목표대상이 교인이라면 반드시 교회 에서 벗어나게 만들어라. '신앙을 위해 반드시 교회에 가야 하는 것은 아니다!' 라는 논리를 강하게 주장하라.

물론 '기부' 라는 주제에 있어서 한 가지 예외는 허용해야 한다. 기부를 이용해 자신의 이미지를 긍정적으로 만들려는 인간이라면, 그 는 분명 우리와 생각이 같은 인간이다. 이는 일상적으로 거리를 걷는 상황에서부터 시작된다. 여자 친구와 함께 길을 걷다가 걸인을 지나 치게 된 한 남자가 있다. 그는 귀찮은 듯 지갑을 꺼내 바닥에 앉아 있 는 걸인의 모자에 5유로짜리 지폐를 던져준다. 그의 여자 친구는 적 당한 금액의 적선에 대해 존경스러운 눈빛으로 그 남자를 바라본다. 그로써 그 남자는 보상을 받은 것이다. 또는 한 금속회사의 운영자가 유치원에 1,000유로를 기부한다. 그가 원하는 단 하나의 조건은, 신 문에 그 내용이 보도되는 것이다. 인생에서 공짜로 얻어지는 것은 아 무것도 없다는 사실을 명심하라. 그러니 아무런 보상이 주어지지도 않는 일에 돈을 쓰는 일은 절대로 없어야 한다!

사기본능을 진작시켜라!

엄청난 사기꾼으로 발전할 가능성이 있는 인간은 극히 드물다. 하지만 두 가지 분야에 있어서는 적어도 절반의 인간들은 사기꾼으로 만들 수 있다. 그중 하나는 세금 문제인데, 세금을 내는 것을 당연하게 생각하는 인간은 매우 적다. 망가진 도로, 터무니없이 높은 정치인의 연금 그리고 수리가 필요한 학교를 위해서는 한 푼도 낼 수 없다! 그러므로 세금횡령은 대부분 시민들의 첫 번째 의무인 것이다. 개인적인 이익이 항상 공익보다 우선한다. 이건 당신에게도 해당된다! 우선 개인사업자들이 당신이 노리기에 적합한 유혹집단이다. 그들은 불법으로 일을 하고, 구매내역을 이중장부로 기록하고, 사업상의 지불내역을 속여서 적을 수 있다. 세무사는 과세대상이 되는 수입을 허점 많은 트릭을 이용해 적자로 만들어준다. 이런 숫자게임을 지켜보는 일이 아마 당신에게도 무척 재미있는 일일 것이다!

또 다른 한 분야는 보험사기다. 정말 자동차가 망가졌는지 아닌지 또는 외국에서 도둑맞은 컴퓨터가 사실은 도둑맞은 것이 아니라는 것을 보험회사 측에서 어떻게 알아낼 수 있겠는가? 이러한 사기 종류에는 또 다른 장점이 있다. 보험회사가 점점 더 많은 돈을 지불하게 되기 때문에 보험금을 올린다는 것이다. 이는 많은 인간들을 화나게 만든다. 속임수와 사기가 지배하는 인생이란 얼마나 아름다운가!

항변코너

내가 앞서 암시했던 것처럼 돈의 권력에 맞서 싸우는 인간은 극히 드물다. 돈에 대한 저항은 '소비하지 않기'나 '적극적인 여가활동' 등과 같은 가치를 추구하는 몇몇 교육방향을 통해 서서히 일어나고 있다. 이런 아이들의 부모와 교육자들은 스스로 깨닫지 못하는 사이에 현혹자의 조력자가 될 수 있는 가능성이 높은 인간들이다. 그들 이외의 다른 인간들은 성인이 되어서야 돈에 대해 거부하는 태도를 나타낸다. 최근 나는 아주 상대하기 어려운 경우를 경험했다. 여기에서 그 얘기를 간단하게 해보겠다. 어쩌면 당신이 한번 유혹을 시도해도 좋을 것이다.

젊은 시절 은행원으로서 성공적인 삶을 살았던 한 남자가 있었다. 그는 자신의 삶을 되돌아보고 나서 자신의 삶을 완전히 바꾸고자 했다. 아주 적절한 순간이 찾아왔을 때 그는 직장을 바로 그만두고, 고액의 퇴직금을 받은 뒤 알프스 지역으로 이사를 했다. 돈은 전혀 걱정할 필요가 없었다. 그의 통장에는 충분히 많은 돈이 있었다. 그는 한 가지 실험을 시작했다. 다른 인간에게 무상으로 일을 해주겠다고 제안하고 다닌 것이다. 그곳 인간들에게는 특이한 상황이기는 했지만, 그들도 금세 익숙해졌다. 농부에게는 건초를 수확하는 일을 돕겠다고 제안하고, 쌍두마차에 관광객들을 태우고 산으로 올라가기도 했다. 또 지역사업을 위해 홈페이지를 만들기도 했다. 재미있는 일이면 그는 무엇이든 했다. 그의 계획이 지닌 핵심은 돈을 받지 않고 일을 했다는 데 있다. 기껏해야 그는 음식이나 장작나무 같은 것을 대가로 받았을 뿐이다. 마을의 주민들이 이 특이한 이방인에 대해 그리고 그의 돈 개념에 대해 어떻게 반응했을 것 같은가?

처음에는 인간들이 그를 피했다. 그러나 그가 자신의 노동력을 전혀 강압적이지 않은 방식으로 제안하면서 인간들은 그를 신뢰하게 되었다. 1년 뒤에 그 이방인은 이집 저집에서 종종 식사초대를 받게 되었다. 심지어 그들 사이에 우정도 생겨나게 되었다. 물물교환이 매우 실용적이라는 게 입증되었고, 많은 인간들이 동참했다. 목수는 자동차정비사의 거실에 마루를 깔아주고 그 대가로 자동차의 배기관을 수리 받았다. 돈도 계산서도 전혀 없이. 직접 구운 빵을 밭에서 딴 신선한 허브와 교환하거나, 아이를 봐주는 대신 과외를 받는다. 스키 수업을 해주는 대신 컴퓨터 수업을 받는다. 이 마을에서는 이제 이 모든 것이 교환대상이 되었고, 인간들은 그로써 서로를 더욱 잘 알게 되고 더욱 존중하게 되었다. 이 마을에서 돈은 그 가치와 권력을 상실하게 되었다.

이는 우리가 태만하게 될 경우 어떤 결과를 초래할 수 있는지를 잘 보여주는 뼈아픈 교훈이다. 나는 무상으로 일하는 이 남자의 마음을 바꿔놓으려고 몇 번이나 시도했다. 더 큰 집과 오픈카와 집 근처에서 구할 수 있는 멋진 직업을 약속했다. 하지만 모두가 허사였다. 정말 절망적이었다. 그는 현재 자신의 삶에 매우 만족하고 있기 때문에, 나는 어떤 방법으로도 그에게 접근할 수가 없다. 하지만 친애하는 악마 견습생들이여, 당신까지 절망하지는 말라. 강한 열정을 보이는 당신이 이런 경우를 직면해 해결해보고자 하는 사명감을 느낀다면 최선을 다해보기를 바란다!

다른 분야에서 작업을 해볼 수도 있다. 독일 곳곳에서 신용불량자 구제기관들이 속속 생겨나고 있다. 이는 현혹자가 우리를 공개적으로 조롱하는 것이다. 그들은 우리의 노력으로 엄청난 빚을 지게 된 인간들이 경제적인 재앙으로부터 벗어날 수 있게 돕는다. 끔찍한 얘기들이 들려오고 있다. 엄청난 빚을 지고 있으면서도 다시 희망을 찾게 되고 심지어 행복해진 인간들이 있다고 한다! 그들은 더 이상 빚의 노예가 아니라 한 해 한 해 빚을 갚아가고 있단다. 결국 몇 년 지나면 빚을 완전히 탕감해주는 방식으로 끝이 난다고 한다. 그러면 우리는 마치 시시포스의 형벌처럼 처음부터 다시 시작해야 하는 것이다. 신용불량자를 구제해준다는 정신 나간 아이디어를 어떻게 막을 수가 있는지에 대해서는 아직 아무런 아이디어도 떠오르지 않는다.

그나마 가장 효과적인 방법은 빚을 진 인간에게 심한 수치심을 느끼게 해서 탕감에 대한 기쁨보다 불쾌한 기분이 더욱 강해지게 만드는 것 정도이다. 어쩌면 빚이 없는 인간들에 대한 시기심을 부추겨 배가 아프게 만드는 것도 좋은 방법이리라. 모든 시도가 실패하게 된다면 지금 막 빚을 청산한 인간이 다시 빚을 지게 만드는 방법밖에 없다. 휴가를 위한 여행경비나 또는 몇 년 동안 빚 때문에 궁핍하게 산

시간에 대한 보상으로 빚을 지게 만드는 것이다. 하지만 당신에게 더 좋은 아이디어가 있을 것이라고 나는 확신한다!

악마의 추천

 안드레아스 에쉬바흐, 〈10억 달러〉, 2001

세계개혁자들은 큰소리로 떠든다. 하지만 구체적인 상황이 발생하면, 그들은 무기력하게 가만히 서 있다. 예를 들어, 뉴욕의 가난한 구두공의 아들인 존 살바도르 폰타넬리를 보자. 그는 어느 날 갑자기 10억 달러의 유산을 상속받는다. 그러나 여기서 문제가 발생한다. 그는 이 돈으로 미래를 잃어버린 인간들에게 미래를 되돌려주고자 한다. 이 소설을 통해 돈이 지니고 있는 유혹의 게임을 배우게 될 것이다.

헤르만 귀클러, 〈유혹에 맞서는 법〉

이 책은 우리에게 가장 위험한 책 중 하나이다. 나는 '적을 감시하자'는 의미에서 당신도 이 책을 읽어볼 것을 권한다. 이 책의 저자는 수도사이고, 그렇기 때문에 현혹자의 입장에 있는데, 그는 유감스럽게도 '유혹에 맞서는 법'에 대해 폭넓고 깊이 있게 다루고 있다. 암흑의 군주를 받아들인 몇몇 동료 중 그로 인해 회의적인 태도를 갖게 된 인간이 몇 있다. 작가는 자신의 경험을 10개의 '유혹에 대응하는 원칙'에서 기록하고 있다. 그것을 통해 인간들을 우리로부터 돌아서게 만들려는 것이다. '악마는 천사의 옷을 입기를 좋아한다'와 같은 문장에서 그의 뛰어난 통찰력을 엿볼 수 있다. 우리에게 매우 부정적인 문장을 성경에서 인용했다는 사실이 유감일 뿐이다. '인간이 감당할 시험 외에는 너희가 당한 것이 없나니 오직 하나님은 미쁘사 너희가 감당하지 못할 시험 당함을 허락하지 아니하시고 시험 당할 즈음에 또한 피할 길을 내사 너희로 능히 감당하게 하시느니라(고린도전서 10장 13절)'

빌리 밀로비치, '누가 계산하지?'

자신이 파산상태라는 것을 인정하지 못하는 것 또한 돈 때문에 신경쇠약의 끝자락까지 내몰릴 수 있는 가능성을 제공해준다. 축제 때 특히 라인 지역에서 인간들이 자주 부르고 그 리듬에 맞춰 몸도 가볍게 흔들게 되곤 하는 이 노래가 도움이 될 수 있다. 이는 돈이 없으면서도 흥청망청 쓰는 경솔함에 대해 노래한다. '누가 계산하지? 누가 그렇게 많은 돈이 있을까?'라고 다 큰 어른들이 소리 높여 노래 부른다. '누가 그렇게 많은 돈, 돈, 누가 그 많은 돈을 가지고 있을까?'

'밀고자', 프랑스, 1962

영화 제목이 우리 세계와 관련이 있을 경우, 그것만으로도 이미 찬사를 받을 충분한 가치가 있다. 그런 영화는 영화 역사에 길이 남아야 한다. 돈이 파괴적인 에너지를 가지고 있다는 사실을 이 흑백 영화를 통해 매우 흥미롭게 알게 될 것이다. 이 영화는 돈으로 파멸한 한 범죄자에 대한 이야기다. 그는 감옥에서 나오자마자 바로 새로운 강도계획을 세운다. 돈을 갖기 위해서 범죄를 저지르지만, 결국 그에게는 돈이 아무 소용도 없게 된다.

희망의 언어들

어렸을 때 나는 돈이 인생에서 가장 중요한 것인 줄 알았다.
나이가 들고 오늘날이 되니 그 생각이 옳았다는 걸 알겠다.

— 오스카 와일드

인생은 바다와 같다. 그리고 돈이 사공이다. 사공이 없는 인
간은 이 세상을 헤쳐 나가기가 매우 힘들다.

— 게오르크 로돌프 벨헤를린

돈은 결코 질리는 법이 없다.

— 베스파시안 황제

돈이 많은 곳에는 항상 유령이 떠돈다.

— 테오도르 폰타네

정부는 국민들 주머니에서 돈을 빼내는 기술을 가장 빨리
배운다.

— 아담 스미스

돈은 인간을 망쳐놓는다.

— 독일 속담

돈 많은 인간 말이 항상 맞다.

— 베니스 속담

구두쇠는 돈과 경멸을 먹고 산다.

— 오노레 드 발자크

돈에 대한 탐욕은 모든 악의 근원이다.

— 디모데전서 6장 10절

제9강 만족에 대해서

항상 불만을 품게 하라

주제소개

'항상 만족하며 고요히 있을지어다!' 찬송가에 있는 이 문장 하나만 봐도 현혹자가 얼마나 인간들을 무시하는지 훤히 드러난다. 아마 신자들이 자기 발밑에 머리를 조아리고 자신이 들이미는 황당한 요구사항들에 대해 어떤 항의도 하지 못하게 하려는 속셈이리라. 그러니, 당신이 이 폭군의 마수에서 인간들을 벗어나게 도와준다면 그들은 아마 몹시도 감사해 할 것이다! 인간들에게 어떤 것이든 만족할 이유가 하나도 없다는 걸 확실히 가르쳐주어라! 입 다물고 조용히 있지 말고 언성을 높여 항의하는 법을 알려주어라! 할 말이 있든 없든 상관없다. 가만히 있으면 지는 것이다. 인간들을 마비시키는 만족의 이데올로기에 저항하는 것이 인간의 의무이자 행복을 가져다주는 일이라고 세뇌하라!

친애하는 악마견습생들이여, 이번에도 당신 자신이 먼저 좋은 본보기를 보여야 할 중차대한 임무를 띠었다. 당신부터 결코 만족하지 말 것이며, 암흑군주의 왕국을 위해 쉼 없이 일해야 한다. 더 많은 인간을 그분 앞으로 이끌고, 아무도 당신의 유혹을 이겨낼 수 없을 정도로 임무수행의 기술을 완벽하게 연마하라! 만족은 곧 정체를 뜻한다. 당신에게도 마찬가지다. 어떤 실적, 어떤 성과를 얻더라도 더 좋아지겠다는 생각을 포기하지 말라. 뭔가 달성했으면 곧바로 다음 목표를 정하고 그 목표를 위해 매진하라. 머리에 쓴 월계관에 만족하지 말고, 더 높게 더 빠르게 더 멀리 뛰어라!

당신이 찍은 목표대상이 어떤 생활영역에서도 만족하지 못하게 부추겨라. 집, 부부(연인) 사이, 직업, 돈, 친구관계 등. 흡족하고 충분하다고 여기는 대신 부족한 점만 보고 아쉬워하게 만들어야 한다. 그래서 틈나는 대로 새로 도달해야 할 목표를 자꾸 귀에 속삭여야 한다. 집은 좀 더 커야 하고, 인테리어는 지금보다 세련되어야 한다. 남자친구나 여자 친구, 남편이나 아내는 더 똑똑하고, 돈 잘 벌고, 예쁘고, 잘생기고, 집안일도 잘해야 한다. 직장은 좀 더 재미있어야 하고 월급도 많이 받아야 한다. 돈은 항상 부족하니 훨씬 더 많아야 하고, 지금 사귀는 친구들은 너무 깐깐하거나 너무 심심하거나, 너무 적다. 더, 더, 더! 동화에 등장하는 '작은 해벨만'의 이야기를 모델로 삼으라. 아기 때부터 하늘로 날아오르고 싶어서 결국 달과 해보다도 더 높이 떠오른 주인공 말이다.

물론, 단 한 가지만은 다다익선을 추구하는 것에서 제외되어야 한다. 현혹자의 존재를 더 고민하고 더 많은 깨달음을 얻으려는 의지에 대해서는 선을 그어야 한다. 빛 속에 들어가면 보이는 것이 없다. 인간들이 빛에 면역력을 지니도록 철저히 관리해야 한다. 그렇더라도 '신앙의 성장'이니 '신께 다가감'이라고 부르는 일들에서 인간들을 떼어내기란 쉽지 않다. 그런 징후가 감지되면 곧바로 그 인간을 구슬려 지금의 신앙생활에 만족해도 전혀 문제가 없음을 설득해야 한다.

반대로 만약 삶의 어두운 면들에 관심을 보일 때는 당연히 등을 떠밀고 박수를 쳐 줄 일이다. 이런 면에서 어둠은 큰 장점을 가지고 있다. 인간은 어두운 곳에 오래 있을수록 점점 더 많은 것을 받아들일 수 있다. 눈은 어둠에 익숙해지고, 1분 1초가 지날수록 많은 세부사항들이 눈에 들어온다. 어렴풋해서 보이지 않던 그림자들이 뚜렷한 모습을 드러낸다. 빛에 노출됐을 때처럼 눈이 아픈 것이 아니라, 오히려 편하고 느슨한 상태가 된다. 서서히 지금 보이는 것이 전부가 아니라는 것을 깨닫고, 그것에 만족하지 않게 된다. 저 어둠 속에 뭔가 더 있지만 단지 못 볼 뿐이라는 것을 알기 때문이다. 이 확신이 바로 불만족의 동력이 된다.

어쨌든 당신은 인간들의 자질구레한 일상에 눈을 돌려야 한다. 불만을 품을 만한 사소한 문제들을 찾아내 자꾸 들쑤시고 자극해서 부글부글 끓게 만들어라. 어떨 때는 그냥 표정만 딱 봐도 어떤 것으로 공략하면 되겠구나 하고 감이 올 때가 있을 것이다. 사생활이든, 일이든, 신체적인 것이든, 정신적인 영역이든 상관없다. '정말 이 정도로 만족할 수 있겠어?' 하고 직격탄을 날려라. 에덴동산의 금지된 열매를 따먹도록 이브를 부추긴 뱀의 대사가 딱 그랬다. 이 과정에서는 인간들의 욕망을 채워주겠다는 약속이 별로 의미가 없다. 우리의 목표는 지금의 상황을 뒤흔들고 자꾸 따지고 불만을 품게 하는 것이다. 자신이 지금까지 만들어온 삶에 만족하고 싶은 유혹에 빠지게 내버려 둬서는 안 된다. 그런 게 사실은 진짜 행복의 시작이라는 것을 잘 알고 있는 것이다. 그러니 무슨 수를 써서라도 그런 일은 막아야 한다.

만족하려고 하면 흔들어라. 당신의 목표대상들의 삶에 끊임없는 동요
를 불러일으켜라!

유혹의 기술

　적을 정확히 파악하면 싸움이 쉬워진다. 이번 강의에서는 테오
도르 폰타네를 골라봤다. 세월이 흘러도 짜증날 정도로 인기가 많은
작가다. 폰타네가 인생을 사는 태도는 당신이 배우는 것들과 정면으
로 배치된다. 그가 쓴 한 줄의 글은 고통스러울 정도로 우리 일에 파
괴적인 영향력을 행사한다. 문제가 되는 글을 한번 살펴보자. '안락
함을 느끼는 단 하나의 방도는, 주어진 것에 만족하고 내게 없는 것을
바라지 않는 법을 배우는 것이다.' 항상 좋은 점을 보고 아무 때나 불
평을 하지 말라고 내 스승도 예전에 말한 적이 있다. 위의 문장에 그
런 가르침을 반영해보도록 하겠다. 아닌 게 아니라 참 재주도 좋다.
이렇게 짧은 문장 하나에 어쩌면 그렇게 많은 오류와 허위를 담아 독
자의 마음을 홀릴 수 있는지 말이다! 대단한 능력과 대담무쌍함에 박
수를 쳐주고 싶다. 현혹자가 내린 임무에 따라 활동하는 자들과 대적
하는 것이 얼마나 쉽지 않은 일인지 여기서 또 한번 실감하게 된다.
물론 그래서 이 싸움이 더 재미있고 지루할 틈이 없는 것도 사실이다!
　자 이제 폰타네의 글을 좀 더 자세히 들여다보자.
　첫 번째 오류는 이것이다. '안락함을 느끼는 단 하나의 방도' 라
니! 틀려도 너무 틀렸다. 안락함을 느낄 수 있는 방법은 바닷가의 모

래알처럼 수없이 널리고 널렸는데! 그 선택의 폭은 참으로 다양하고 다채로우며 누구든 감각을 열어놓기만 하면 즉시 골라잡을 수 있도록 인간을 자극한다.

두 번째 오류는 '배우는 것이다' 라는 말에 있다. 현혹자가 얼마나 인간을 자기 마음대로 주무르려고 하는지, 그리고 얼마나 권위주의적인지 보여주는 단적인 예다. 우리가 해야 할 일은 아무것도 없다. 그저 자기가 결정한 대로 할 수 있는 자유만 있을 뿐이다. 악마견습생인 당신 역시 인간을 유혹할 방법을 배울 자유만 있다. 암흑군주는 당신에게 자유를 선물했고 그 어떤 것도 강요하지 않는다. 자연스러운 충동, 악에 대한 당신의 호기심, 어둠의 왕국에 무언가 기여하겠다는 소신이 당신을 행동하게 만드는 것뿐이다. 거기에는 그 어떤 상사의 지시나 명령 따위도 없다!

세 번째 오류는 표현방식에 있다. '주어진 것에 만족하라' 니! 현혹자를 둘러싼 신앙체계 중에서도 가장 웃기는, 짜증의 극치가 바로 그것이다. 주어진 것은 어디까지나 잠시 지나가는 상태일 뿐 그것을 항상 문제시하고 개선안을 찾아도 모자랄진대!

그 다음 네 번째 오류는 점입가경이다. '내게 없는 것을 바라지 않는' 이란다. 좋다. 그럼 물어보는데, 없는 걸 바라지 않아야 하면 대체 뭘 바라란 말인가? 현혹자가 정말 세상 모든 것을 다 창조했다면 '바람' 이라는 감정을 세상에 만들어낸 것도 당연히 그다. 불만도 마찬가지 아닌가?

폰타네의 주장은 고로 완전히 오류투성이다. 자비로우신 암흑군주의 은총으로 점점 더 많은 인간들이 그 사실을 깨닫는다. 예컨대 생물학자 리처드 도킨스가 대표적인 인간이다. 도킨스가 하는 말들은 당신에게는 영혼을 위한 아로마 오일 같은 효과를 줄 것이다. '나는 반종교주의자다. 종교는, 우리가 세계를 이해하지 못하는 채로 그냥 만족하라고 가르친다.' 종교라는 이름으로 덧칠된 만족감을 깨뜨리는 세 가지 방법을 지금부터 가르쳐줄 테니 잘 듣고 마음에 깊이 새기도록 하라.

첫째, 충동질하라!

　　인간들을 자극하는 것은 수천 년 전부터 인간이 불만을 갖게 하는 데 사용된 아주 효과적이고 뛰어난 방법이다. 당신이 하필 요즘처럼 소비와 구매가 최고 우선순위를 누리는 시대에 악마 연수를 받게 된 것은 크나큰 행운이다. 1개 사단은 족히 될 만큼 많은 광고심리학자들과 홍보전문가들이 모두 당신을 돕고 있다. 그들이 염두에 두는 것은 단 하나, 어떻게 하면 인간들이 특정 상품을 보고 그것이 행복과 만족감을 줄 것이라고 믿게 만들 수 있을까 하는 것뿐이다. 이 전문가들이 하는 짓만 잘 따라 하면 당신도 많은 기술을 습득할 수 있다. 어떤 색을 입히면 상품이 탐스럽게 보이는지, 어디에 물건을 놔둬야 인간들 손이 쉽게 가는지, 커피, 세제, 초콜릿처럼 쓸데없는 물건을 어떻게 감정과 결부시켜 팔 수 있는지, 음악이 구매욕구를 어떤 식으로 자극하는지 등, 일일이 말하자면 끝이 없을 정도다. 이런 묘안들을 당신의 목표대상들을 충동하는 데 직접 사용해보라. 그들도 모르고 있었던 마음속 탐욕을 들춰내라!

　특히 여자들을 백화점 의류 코너, 부티크, 신발매장으로 교묘히
이끌면 100퍼센트 빠른 성공을 누릴 것이다. 아마 반응이 너무 강하
고 즉각적으로 나타나서 오히려 당신이 당황할지도 모른다. 여자들은
자기가 생각해도 변변한 옷이 없다고 고개를 끄덕일 것이다. 그런 결
핍상태는 새로 옷을 사야만 해결될 수 있다고 생각하고 셀 수 없을 정
도로 많은 옷을 옷걸이 채로 안고 피팅룸으로 들어간다. 그리곤 함지
박만한 쇼핑봉투를 적어도 두 개 이상 양손에 들고 나서야 그 상점을
떠난다. 그렇게 사들인 옷이 순간적인 만족감밖에 주지 못한다는 것
은 꿈에도 모른 채 말이다. 남자들의 경우에는 공구매장이나 전자제
품 코너에 가면 승패를 확실히 가릴 수 있다. 사실 남자는 여자처럼
쉽게 충동질이 안 되는 족속이다. 태고의 사냥기질이 아직도 몸속에
남아서, 물건을 살 때도 될 수 있는 한 빠른 걸음으로 매장에 진입해
탐나는 물건을 휙 낚아챈 다음 다시 최대한 빨리 매장을 빠져나오는
모습을 보인다. 따라서 남자들을 자극할 때 사용할 수 있는 시간과 진
열대의 수는 상당히 제한되어 있다. 이럴 때 특히 효과가 뛰어나다고
입증된 것이, 남자들의 시선을 잡아끌고 싶은 상품 옆에 거의 헐벗은
금발 미녀의 사진이 인쇄된 광고물을 딱 붙여 놓는 방법이다. 특히 드
릴 제품 쪽은 그렇게 할 경우 성공률이 엄청나게 높다.

　지금쯤 당신의 이의제기가 들어올 법하다. 여자든 남자든 새 물
건을 사들고 집에 돌아오면 그 흡족함 때문에 불만이 사라지는 것 아
니냐고. 결국 자기가 원하는 것을 가진 것 아니냐고 말이다. 결론부터

말하자면 그건 쓸데없는 걱정이다. 겨우 며칠 지나지도 않아서 그들은 새 물건에 익숙해지고, 그것이 주는 자극이 시들해져버리기 때문이다. 번쩍이던 새 신발도 항상 신는 다른 신발과 다를 게 없어지고 때론 신발장 속에서 썩어가기도 한다. 드릴은 막상 쓰려고 하니 생각했던 것만큼 파워도 없고, 켜켜이 먼지를 뒤집어쓴 채 공구함 속에서 죽은 듯이 잠을 잔다. 인간들의 불만은 다시 스멀스멀 살아나고, 당신은 다시 그들을 마트로, 백화점으로 보내서 새로운 성공을 맛보게 할 것이다.

둘째, 시기심을 유발하라!

남이 가진 것을 곱지 않은 시선으로 쳐다보고 그들이 잘못되길 바라고 심지어 해코지하게 하라. 만약 당신이 인간들에게 시기심을 일으키기만 한다면 이런 대단한 성과가 모두 당신 것이 되리라. 현혹자의 사고방식에서 시기심은, 오만, 탐욕, 분노, 태만, 정욕, 식탐 등과 더불어 7대 죄악 중 하나다. 현혹자는 성경에서 '악마의 시기로 인해 죽음이 이 세상에 왔노라'라고 왜곡한다. 그러나 아담과 이브의 아들 카인부터가 시기 때문에 동생을 죽인 사실은 슬쩍 덮어둔다. 교회는 이런 진실을 알고도 외면해왔다. 단순한 시기심에서 의식적으로 죄악을 저지르고, 이것을 참회하지 않은 채 죽는 이는 지옥으로 떨어져 영원한 형벌에 시달릴 거라는 게 그들의 말이다. 바로 이 부분을 잘 새겨들어라. 말하자면 시기심이야말로 우리 어둠의 세력으로 들어오는 가장 빠른 길이라는 뜻이다. 물론 실전에서는 그 길이 참으로 멀고 험할 수도 있다. 무조건 철칙으로 기억해야 할 점은, 당신의 목표물이 불만을 품으면 품을수록 시기에 눈멀게 하기 쉽다는 것이다. 다른 인간들과 꼭 접촉해야 그런 시기심이 생기는 것도 아니다. 때로는 그냥 신문 한 장, TV 한 장면만 보여줘도 충분하다. 부자나 미남미녀들을 보게 되거나 어떤 경영자의 연봉이나 정치인들의 은퇴연금 얘기를 듣게 되었을 때 느끼는 공격성을 살살 건드리면 눈에 보이는 시기심으로 발전시킬 수 있다.

셋째, 자꾸 비교하게 하라!

상상해보자. 당신의 목표대상이 해질 무렵 별로 바라는 것도 없이 얌전히 소파에 누워있다. 언뜻 봐서는 이 인간의 평온을 깨뜨릴 방법은 없을 것 같다. 그는 지금 자기 자신에게 만족하면서 굳이 표현하자면 '순수'의 세계에 들어가 있다. 그를 타락시키려는 여러 가지 시도는 방수점퍼에 빗물이 스며들지 못하고 튕겨 나오듯 번번이 실패하고 말았다. 소비를 하도록 부추기지도 못했고 시기심을 불러일으키지도 못했다. 무슨 수가 없을까? 있다. 비교라는 달콤한 독약을 그에게 흘려 넣어라! 노을 속에 푹 빠져 자족해서 앉아있는 그의 생각 속으로 학창시절 친구, 옆집 사람, 회사 동료의 모습을 떠올리게 하라. 머릿속에서 남들을 떠올리다 보면 그들과 비교해서 참 손해를 보고 살았다는 생각이 들기 마련이다. 자기는 돈도 더 적게 벌고, 더 부자인 남편 혹은 더 예쁜 아내도 얻지 못했고, 자동차는 더 작고, 집도 없고, 사회적 신분은 더 낮다는 걸 깨닫게 만드는 것이다.

이런 비교가 거듭되면 고민이 시작되고 안정된 꿈에서 깨어나지 않을 수 없다. 그리고는 '내가 돈을 더 못 버는 게 정말 정상 맞아?' 아니면, '걔는 자기 집이 있는데 왜 나는 아직도 월세를 살아야 해?' 같은 질문이 저절로 튀어나오게 된다. 더 나아가 사적인 영역까지 질문은 확장된다. '난 왜 ○○처럼 예쁘지가 않을까?' '남들은 아주 팔팔해서 온 세상을 잘도 뛰어다니는데 나는 왜 여기저기 쑤시고 아프지 않은 데가 없는 거야?' 이런 질문이 낳은 불만과 불평 끝에, 느긋하게 누워있던 당신의 목표대상은 결국 소파에서 벌떡 일어나 원하는 것을 찾으러 뛰쳐나가게 될 것이다!

항변코너

세계는 갈수록 복잡해진다. 매일같이 쏟아져 들어오는 무수한 정보 때문에 불안, 두려움, 죄책감 등이 생긴다. 그래서 많은 이들이 '내가 하는 행동이 혹시 세계 어딘가의 가난한 나라들에서 일어나는 불의를 더욱 악화시키는 것은 아닐까?' 등과 같은 질문을 던지며 집 안 곳곳을 뒤져 문제를 찾아낸다. 양탄자는 파키스탄 어린이들이 짠 것이고, 요구르트 병은 석유에서 뽑아낸 원료로 제조됐으며, 소파를 만든 원목은 열대우림을 베어낸 것이다. 우리 어둠의 세력들은 세계를 도무지 풀 수 없는 매듭의 연장으로 바꿔놓기 위해 무진장 애를 썼다. 그러나 거기에 순응하지 않고 반기를 들려는 인간들도 안타깝지만 제법 있는 것이 사실이다. 세계화 가운데에서 불만을 느끼는 인간들이 점점 늘어나는 것이다. 이쯤에서 당신이 '좋잖아요. 어쨌든 이번 강의의 목표도 그 불만 아닌가요?' 하고 묻고 싶어 한다는 것을 잘 안다. 맞다. 여기까진 그렇다. 하지만 많은 인간들이 이런 불만을 가지고 참된 만족을 찾으려고 시도하는 게 문제다. 그런 이들은 의식 있는 행동을 통해 자신의 삶을 개선하고 심오한 차원에서 만족감을 느끼고 싶어 한다.

그들은 소소하면서도 신경에 거슬리는 방식으로, '다다익선'을 추구하는 암흑군주의 철학에 맞서 가슴에서 우러난 '작은 것이 아름답다'를 실현해 보인다. 뭔가를 사기보다는 과다한 것을 없애고, 정리정돈을 하고, 정말 필요한 것만 주변에 놓고 산다. 기기나 설비는 정말 없어서는 안 되는 것인지 고심에 고심을 거듭한 뒤 마련한다. 심지어, 백해무익한 프로그램 때문에 골머리를 앓느니 텔레비전을 내다 버리고 식구들과 카드놀이를 하거나 손님을 초대해 재미있는 이벤트를 여는 가정들도 생겨난다! 차를 팔고 그냥 자전거나 버스, 지하철만 이용하는 이들도 있다. 이 답 안 나오는 잘난 척하는 고수들의 전략 중에는 '생각은 전 지구적으로, 행동은 지역적으로'라는 것도 있다. 그래서 이들은 윤리적으로 올바른 상품만 쓰고 먹고 입을 작정을 한다. 자기가 사는 곳 가까이에서 난 먹을거리만 취하고, 재생가능 에너지로 전기를 만들고, 유지 가능한 산림에서 생산된 목재만 이용하며, 재활용 화장지만 쓴다. 이런 인간들은 우리가 그토록 공들여 세상을 망가뜨려오고 있는 노선에서 벗어나, 이해해주기도 그렇고 깨뜨리기도 힘든 자족의 세계를 추구한다. 그런 자들은 당연히 우리 세력이 공략할 약점이 거의 없다. 이런 인간들에게서 우리는 말하기도 부끄러울 정도로 미미한 실적만 올렸을 뿐이다. 유기농에 대한 인식을 좀 나쁘게 하려고 아기 이유식에다 농약을 좀 섞은 적도 있다. 그래봤자 몇몇 부모들이 신경질적인 반응을 좀 보였을 뿐이고, 그것조차 금세 가라앉고 말았다.

한 가지 묘안이 오래 전부터 머릿속에 맴돌긴 하지만, 아직 실천은 못해봤다. 뭔고 하니, 점점 더 완벽하고 점점 더 친환경적인 제품을 만들어낼수록 불만은 더욱 커져간다는 점에서 기인한 착상이다. 말하자면, 인간들이 단순한 유기농 인증마크 정도로는 안심하지 못하고 뭔가 더 강한 것을 바라도록 만드는 게 우리 목표다. 그래서 '저농약'이나 '무농약', 혹은 '방사 유정란' 정도로는 안 되고 '유럽산 천연 유기농 명품'이나 '행복하게 뛰어노는 닭이 낳은' 같은 말이 들어가야 눈길을 끌게 된다. 누가 알겠는가. 앞으로는 그냥 '재생 화장지'도 안 되고 '진보좌파 일간지를 재생해서 만든 화장지'라야 열렬히 환영받을지! 어쩌면 이런 방법을 쓰면 암흑군주를 무시하는 무리 가운데에서도 가장 심지 굳은 인간들조차, 사실은 그들이 만족해야 할 근거가 전혀 없다는 생각을 하게 될 수도 있으리라.

　마지막으로, 만족의 게임법칙 중에서도 가장 교묘한 것을 하나 알려주겠다. 이는 현혹자가 쓰는 아주 치사한 전술로, 이름은 '금욕의 일곱 주간'이다. 이 일곱 주간 동안 신자들은 중요한 것들을 모조리 포기한 채 살아야 한다. '비우면 더 꽉 찬다'라나 뭐라나. 거의 세뇌 수준이다. 실제로 연초가 되면 인간들은 49일 동안 고행을 견디게 해주는 온갖 조언과 미사여구의 폭격을 맞는다. 이 시간을 무사히 버텨낸 인간은 애석하게도 진짜 그 전보다 더 만족을 느끼며 산다. 겨울에도 비슷한 일이 벌어진다. 현혹자는 '대안 강림절'을 만들어, 크리스마스 특유의 쇼핑 광란에서 벗어나 스트레스 대신 고요하고 흡족한 마음으로 성탄 트리 옆에 앉아 거룩한 밤을 보내라고 설파하고 또 설파한다. 이들의 반격이 큰 성공을 거두는 것에 위기감을 느낀 나 역시 새로운 프로그램을 고안해냈다. 이름 하여, '666시간 동안 더 많이

바라기' 프로그램이다. 시작 시간은 매주 일요일 오전 10시다! 당신
의 동참을 열렬히 환영하는 바이다!

 뤼디거 마쉬비츠, 〈피할 수 없다면 즐겨라〉, 2008

문제에 직면하게 되었을 때 인간들은 문제로부터 도피하거나 문제를 감춘다. 그러다가 결국 크게 터지는 것이다. 이 책은 현혹자의 생각과 일치하는 방향을 제시하고 있기 때문에, 우리에게는 위험하다. 자신의 특성과 운명을 그냥 받아들이는 것이 아니라 그들과일종의 협정을 맺으라고 조언한다. 소위 방해가 되는 요소들을 동맹자로 만드는 것이다. 이 책은 난해하지만 유감스럽게도 설득력 있게 잘 설명하고 있다. 이 책은 반드시 독약상자에 보관해야 할 책이다!

 글로리아 벡, 〈금지된 화술 - 생각조종의 기술〉

어떤 인간의 내부로 어떻게 파고들 수 있는지 그 방법을 전혀 모르겠다면, 이 책을 한번 읽어보라. 인간들의 생각을 조종하는 최고의 기술들을 배울 수 있다. '미신의 기술'에서부터 '파멸의 기술'에 이르기까지 다양하다. 일목요연하고 깔끔하게 악마적인 전략을 설명하고 있다.

팻 매스니, 'One quiet Night'

당신의 목표대상이 이 CD를 가지고 있다면, 바로 뺏어라. 그의 기타음악을 듣고 있으면 바로 소파에 깊이 기대고 앉아 최고의 행복한 기분을 느낄 수 있기 때문이다. 자기 자신과 이 세상에 대해 만족하게 되며, 안정을 찾게 되어, 무엇으로도 그의 마음을 결코 흔들 수 없게 된다. 당신도 결코 유혹할 수 없을 것이다.

 '정글북', 미국, 1967

아주 어릴 때부터 아이들은 만족과 안락함이 충분히 가치가 있는 삶의 태도라는 사상에 물들게 된다. 영화를 만드는 인간들은 이처럼 아이들을 세뇌하는 일에 주력하고 있다. 이것이 어떻게 작용하는지는 영화 '정글북'을 보면 잘 알 수 있다. 그 영화에서는 발루라는 곰이 등장하는데, 그는 순진무구한 아이에게 '고요함과 안락함'이 일상의 근심을 사라지게 한다고 노래를 불러준다. '안락함과 함께 행복이 찾아올 것이다'고 말하고 있다. 이런 일을 우리는 막아야 한다!

188

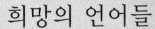

희망의 언어들

자신의 운명에 만족하는 인간은 아무도 없다.

- 앙투아네트 데울리외제

거의 근접한 상황으로는 절대 만족해서는 안 된다.

- 프랑스 속담

최선을 다 하는 것 이상으로 노력해야 한다.

- 도로레 칠레

커다란 희망이 있는 곳이면 언제든지 강한 시기심과 위험한
증오와 악의적인 질투가 생겨난다.

- 사모사타의 루기안

자신이 처한 상황에 대해 만족하는 인간이 얼마나 적은지!
항상 자기 옆에 있는 인간의 상황을 원하지만, 그 인간도 마
찬가지로 당신의 상황을 원한다.

- 요한 볼프강 괴테

시기하는 인간은 죽지만, 시기심은 절대 죽지 않는다.

- 몰리에르

인간의 시기심에 호소하는 인간은 항상 인간들이 귀 기울이
게 만들 수 있다.

- 조나단 스위프트

질투심에서 증오심, 험담, 비방 그리고 다른 인간의 불행을
기뻐하고 다른 인간이 잘 되면 배 아파 하는 일이 생겨나는
것이다.

- 조지 1세

제10강 죽음에 대해서

죽음에 대한 두려움을 조장하는 방법

주제소개

　'그랬더니 온통 빛과 편안한 느낌과 사랑이 가득 찬 듯한…….' 죽었다가 다시 살아난 인간들이 하는 말을 나는 더 이상 들어줄 수가 없다. 이들은 죽음을 얼마나 이상적으로 그리고 있는지! 죽음이 마치 뭔가 아름다운 경험이라도 되는 것처럼 묘사하고 있다! 우리는 이처럼 과대포장된 주장들에 대해 큰 소리로 이의를 제기해야 한다. 죽음에 대한 두려움은 암흑군주의 권력을 이루는 중요한 기둥 중 하나이다. 당신의 임무는 이런 기둥을 항상 견고히 하거나 또는 적어도 이 기둥이 조금씩 무너져내리는 것을 가능한 한 막는 것이다.

　지상에서 당신이 실행해야 할 임무는, 인간들에게 죽음에 대한 두려움을 심어주는 것이다. 죽음이라는 최후의 위협이 그들 인생 전체에 그늘을 드리우게 만들어야 한다. 죽음에 대한 생각이 숨을 막히게 하고 희망을 빼앗아야 한다. '죽음을 두려워하는 인간은 삶을 잃은 것이다'라는 사실을 독일 작가인 요한 고트프리트 조이메는 이미 150년 전에 알아차렸다. 그의 말이 맞다. 물론 그의 말에서 우리는 현혹자들을 믿는 인간들과는 다른 결론을 도출해낸다. 우리는 인간들이 제대로 살기를 바라지 않는다. 즉, 자신의 삶을 의미 있고, 아름답고, 행복하게 경험하는 것을 원하지 않는다. 인간들의 삶 한 가운데 죽음이 떡 하니 한 자리 차지하게 만드는 것이 당신의 의무이기도 하다. 당신이 점찍은 인간이 '삶의 한 가운데에서 나는 죽음에 사로잡혀 있다.' 는 사실을 확실하게 알 때까지. 그의 삶의 모든 순간이 죽음에 대한 생각으로 사로잡혀 있어야 한다.

암흑군주는 이미 수백 년 전에 그의 조력자들 손에 매우 효과적인 수단을 건네주었다. 인간은 죽은 후에 영원한 지옥에 도착할 것이며, 그곳에서 말 그대로 더위에 시달릴 것이라는 예언이다. 자신이 지은 죄에 대해 활활 불길이 치솟는 지옥불에서 벌을 받을 것이며, 악령들은 가장 잔혹한 방법으로 인간들을 고문할 것이다. 그곳에서는 피가 사방으로 튀고, 잘린 머리가 굴러다니고, 육체와 정신은 상상조차할 수 없을 정도로 고통받을 것이다.

지옥에 떨어지는 인간은 영원한 고통을 맛볼 것이다. 그곳에서는 도망칠 수도 없고, 그 고통은 결코 끝나는 법도 없다.

놀랍게도 현혹자들의 교회는 이런 지옥에 대한 그림들을 아주오래 전부터 받아들였다. 이글거리는 지옥불 그림을 통해 그들의 이익을 챙기려는 속셈이다. 그들은 지옥에 반대되는 천국의 자비로운비전을 제시하려는 것이다.

하지만 그곳에서의 삶은 낙원과 마찬가지로 매우 지루할 것이다. 고통도 없고, 큰 소리로 싸울 일도 없다. 감지덕지하게도 현혹자가 손수 인간의 눈물을 닦아주기도 한다. 소위 죄 없는 인간들을 기다리고 있는 '천국' 이 얼마나 효과적이지 못한지는 예술사적인 유물만살펴보아도 잘 알 수 있다.

지옥의 다양한 쾌락을 보여주는 그림은 수천 가지에 달한다. 지난 수백 년 동안 쾌락과 본능적인 욕구를 섬세하게 그리고 있는 지옥 그림이, 구름이 가득하고 천사와 어린 여자아이들이 트롬본을 불어 죽은 신자들을 조용히 잠재워주는 천국을 묘사하고 있는 그림보다 훨씬 더 많은 인간들을 끌어들이고 있다. 평화와 기쁨과 먹을 것이 가득한 천국의 모습, 이런 설정으로는 이미 어느 정도 삶의 경험을 쌓은 인간들을 자리에서 벌떡 일어나게 만들 수 없다. 현혹자들은 좀 더 세밀한 묘사로 그들의 천국 모델을 더욱 흥미롭게 만들려고 시도한다. 그들은 베드로가 열쇠를 쥐고 천국의 문 앞에 서 있는 모습을 그리고 있는 것이다. 베드로는 죽은 인간들이 하늘에 도착했을 때 그 인간이 과연 천국으로 갈 수 있을 정도로 선한 삶을 살았는지를 판단한다. 이 천국의 문지기에 대한 유머는 수도 없이 많다. 그렇게 그는 놀림의 대상이 되고 있다.

반면 지옥은 수많은 인간들의 존경을 받는다. 더 이상 우습게 생각할 수가 없는 대상인 것이다. 죽음의 진지함이 시작된다. 살면서 쌓아놓은 빚을 지불해야 하는 것이다. 하나의 죄마다 하나의 벌을 받게 된다. 이처럼 결과에 대한 모범적인 대응에 있어서 암흑군주의 가르침은 현혹자의 가르침보다 훨씬 확고하다.

친애하는 악마 견습생들이여, 그러므로 지옥에 대한 두려움을 만들어내는 것이 당신에게는 매우 쉬운 일일 것이다. 당신의 목표대상이 미리 저항하는 태도를 보인다고 해서 그리고 당신이 예상했던 것보다 훨씬 더 많은 노력을 필요로 한다고 해서 절대 포기하지 말라!

결국 당신에게는 매우 특별한 보상이 주어질 것이다! 당신은 지옥에서 당신이 가지고 있는 폭력에 대한 모든 환상을 시도해볼 수 있을 것이다. 그러나 당신의 노력에도 불구하고 결실을 이루지 못한다면, 암흑군주는 당신에게 아주 엄한 벌을 내릴 것이다. 즉, 7년 동안 천국에서 지내야 하는 것이다. 그런 일은 당신도 반드시 피하고 싶을 것이다, 그렇지 않은가? 그러니 굳게 마음먹고 다시 한번 시도하라! 인간들을 지옥으로 끌어들여라!

유혹의 기술

이제 이 강의가 우리의 마지막 만남이니 당신에게 나의 눈을 똑바로 쳐다볼 것을 요청한다. 처음에 당신이 나의 눈을 바라보길 매우 불편해 했던 것이 기억나는가? 나도 다 알고 있었다. 하지만 그 후 우리는 더 이상 서로에게서 눈을 뗄 수 없는 사이가 되었다. 아주 깊은 신뢰감이 우리 사이에 흐르고 있다. 현혹자를 믿는 인간들을 해방시키고 우리의 암흑군주 편으로 데리고 오겠다는 우리의 공통된 가치와 공통된 목표에 대해 우리는 일치된 의견을 가지고 있다. 어쩌면 이런 경험을 한 이후로 당신은 왜 인간들이 죽음을 똑바로 바라봐서는 안 되는지 알 수 있을 것이다. 그렇게 똑바로 바라봄으로써 삶과 죽음이 그리고 인간과 죽음이 화해를 할 수 있기 때문이다. 그로 인한 결과는 정말 끔찍하다. 즉, 인간들이 죽음에 대한 두려움을 잃게 되는 것이다. 이런 사태는 필사적으로 막아야 한다. 목표대상의 삶의 단계에 맞춰 당신은 다양한 전략을 시도하거나 좀 더 섬세한 전략을 사용해야 할 것이다.

어린아이들
어릴수록 타인의 영향을 받기가 쉽다. 현혹자 편의 교육자들은 이런 사실을 아주 뻔뻔하게 이용한다. '어린이 예배' 시간에 그들은 인간의 형상을 한, 소위 현혹자의 아들인 예수가 죽음을 '극복' 했다고 설명한다. 이런 예배시간에 지옥은 거의 등장하지도 않는다! 심지어 아주 어린 아이들 방에서도 죽음을 이상화한 내용들을 쉽게 발견할 수 있다. 많은 동화책들이 죽음을 담담하게 그려내고 있다. 그림 형제는 이전부터 전해오던 '두려움을 찾아 떠난 남자 이야기' 를 아주 멋들어지게 만들어놓았는데, 당신도 시간이 있을 때 한번 이 이야기를 읽어보도록 하라! 이 동화의 주인공은 유령이 나오는 끔찍한 성 안에서 두려움에 미칠 지경이 되기는커녕 오히려 아주 편하게 잠이 들었다! 결국 그는 죽음의 상징인 단두대에 누워 밤을 보내기도 한다. 동화 주인공이 '아, 나도 좀 무서움을 느껴봤으면!' 이라고 말하는 것은 우리의 권력에 대한 모욕이다. 수백만의 아이들이 이 동화로 인해 죽음에 대한 두려움을 잃었다고 한다.

친애하는 악마 견습생들이여, 이런 사실을 고려할 때 당신들이 해줘야 할 몇 가지 간단한 임무가 있다. 우리가 뿌린 씨앗이 열매 맺을 수 있도록, 특별히 아이들을 위한 '예배' 를 대신할 수 있는 대안을 찾아내라. 예를 들어, 텔레비전으로 유혹하던지 일본이나 미국의 만화영화로 관심을 돌려라. 이런 영화에서는 처음부터 끝까지 겁을 내며 신경질적으로 소리를 지르는 주인공들을 볼 수 있다는 사실을 당신도 잘 알고 있을 것이다. 텔레비전은 아이에게 책을 읽고 싶은 충동이 생기는 것을 막는 아주 좋은 수단이기도 하다. 텔레비전 화면은 책보다 백 배는 더 자극적이다. 아이들 방에 따로 텔레비전을 놓아주면 확실한 효과를 볼 수 있다. 부모가 텔레비전 시청시간을 일정하게 정해주는 경우에는 아이들이 훨씬 이성적으로 시청한다. 그럴 경우 밤늦게 어른들이 보는 영화를 보여주는 방법도 있다. 공포영화를 보여주어도 전혀 무섭지도 않고 희망적인 동화는 머릿속에서 싹 지워져버릴 것이다. 범죄영화와 심리스릴러물에서도 갈기갈기 찢기고, 피가 흥건하게 넘치고, 고문 받은 시체를 볼 수 있다. 중세시대의 지옥 그림에서나 볼 수 있을 것 같은 그런 모습을 보면서 아이들의 영혼은 상당히 혼란스러워질 것이다.

청소년

사춘기는 암흑군주가 만들어낸 작품이라고 주장하는 인간들이 간혹 있다. 사실 이 시기는 많은 아이들에게 지옥과 같은 고통을 의미하기도 한다. 사춘기는 존재론적인 문제와 죽음에 대한 대화를 건네기에 아주 좋은 시기이다. 물론 일종의 낭만적인 죽음으로 인간들을 유도하는 것은 우리가 추구하는 바와는 거리가 멀다. 청소년은 보통 죽음과는 아주 거리가 멀지만 죽음이라는 테마는 그들과 아주 가깝다. 그래서 그들은 얼굴을 희게 칠하고 무덤가를 거닐거나 또는 죽음이 사랑하는 커플을 갈라놓는 유치한 영화를 좋아하기도 한다. 한마디로 사춘기 청소년에게는 당신이 영향을 미칠 수 있는 기회도 많지만 그만큼 위험요소도 크다. 여기서 위험요소란 그 청소년이 신뢰하고 대화를 나눌 수 있는 성인을 만나 그들과 삶과 죽음에 대해 진지하게 고민을 나누었을 수 있다는 것이다. 그런 일이 일어나지 못하게 당신이 막지 못한다면, 부모, 친척 또는 교사 등이 상대하기 힘든 걸림돌이 될 수 있다.

청소년에 대해 기회를 갖게 되는 것은 청소년은 죽음을 포함한 어두운 주제들에 대해 열린 태도를 취하기 때문이다. 이미 자의식이 깨어 있는 인간인 경우에는 지옥에 대한 두려움을 갖게 만들기가 쉽지 않다. 차라리 죽음을 잔인한 친구로 각인시키는 게 훨씬 낫다. 이를 위해 컴퓨터 게임을 이용하는 것이 좋다. 예를 들어, 최대한 많은 적을 죽이는 '에고슈터 게임', 즉 킬러게임이 아주 좋은 수단이 된다. 섬세한 묘사에 특히 신경을 많이 쓴 게임이 좋다. 게임을 통한 죽음의 경험은 청소년의 정신에 깊이 각인되고 어두운 환상을 만들어내는 검은 먹구름을 이루게 될 것임을 명심하라.

성인

중년은 인생에 있어서 가장 불안정한 시기 중 하나이다. 40~50대가 되면 인생경험도 많이 쌓이고, 그것을 의미 있는 무언가로 만들기 위해 노력하는 시기이다. 이제 자신의 시계가 똑딱거리는 소리를 뚜렷하게 듣게 되며, 인생의 종착역에서 죽음의 사신이 기다리고 있다는 사실을 의식하게 된다. 그때까지 우리의 유혹에 용감하게 맞선 인간은 이후 남은 반생을 훨씬 여유 있게 지낼 것이고 결국 죽음의 품에 평화롭게 안기게 될 때까지 죽음에 대해 진지한 태도를 유지하게 될 것이다. 우리는 이런 사태를 막아야 한다. 이런 인간을 영원한 젊음의 바이러스로 전염시킬 수 있다면 아주 바람직한 일이다. 늙으면

안 된다. 요즘에는 자연스럽게 늙는 것을 피할 수 있는 방법이 아주 많다. 남자들에게는 호르몬 치료를 제안하면 된다. 정기적으로 테스토스테론을 주입함으로써 그의 내면에 있는 남성성을 활발하게 만들 수 있다. 더 많은 방법이 필요하다면 몇 시간 동안 최고의 성능을 가능하게 만드는 성기능강화제를 제공하면 된다.

여자들이 나이 들지 않게 하려면 외모에서부터 시작해야 한다. 주름개선 크림, 얼굴의 늘어진 부위에 넣는 온갖 주사, 성형수술 등 많은 것이 가능하며, 그런 일들을 위해서는 누구든 쉽게 지갑을 연다. 노화과정을 막을 수 있다는 환상에 접근하여 공격하라! 그들은 인공적으로 기분을 좋게 해서 죽음도 피할 수 있다고 주장한다. 그로써 인간들의 내면 깊은 곳에서는 두려움이 더욱 커지게 된다. 그렇다면 마지막 남은 인생을 위해 아주 훌륭하게 준비된 것이다.

노년

힘이 사라지고, 힘겹게 유지하고 있던 외모도 빠른 속도로 무너진다. 검버섯과 주름, 통풍과 통증, 건망증과 고집. 이제 시간이 다 된 것이다. 이제 당신은 온 힘을 다해 목표대상에게 죽음에 대한 두려움을 심어놓을 수 있게 되었다. 당신의 목표대상은 오랫동안 죽음에 대한 두려움을 억눌러왔기 때문에 더욱 잔인하게 대가를 지불하게 될 것이며 죽을 만큼 강한 두려움에 빠져들게 될 것이다. 그의 상태를 설명하기에는 절망이라는 말도 너무 약하다. 그의 삶에서 남은 마지막 몇 년은 온통 수치심과 자기연민으로 보내게 될 것이다. 인간들은 암흑군주의 영역으로 넘어가는 이 과정을 '노년 우울증'이라고 부른다.

죽어가는 인간

'최후의 심판'은 모든 것이 다 끝나고 나서 한참 뒤에야 일어난다고? 임종을 앞두고 나서야 인간들은 비로소 이런 생각이 틀렸다는 것을 깨닫는다. 죽음을 앞둔 지금 이 시간에 심판이 이뤄진다. 당신이 몇 년 동안 그를 잘 돌봐왔다면, 그는 지옥으로 가는 마지막 길을 혼자서도 잘 찾아갈 수 있을 것이다. 그렇게 되면 양심의 가책이 무거운 돌덩이가 되어 그의 가슴을 짓누를 것이다. 그의 짐을 덜어주는 인간은 아무도 없을 것이다. 오히려 그 반대이다. 당신은 승리를 확신하며 그의 침대 옆에 서서 그의 가슴 위에 놓인 짐을 더욱 힘차게 눌러줄 것이다. 그러나 당신의 목표대상은 마지막 남아있는 힘을 모두 모아 현혹자에게 자신을 용서하고 천국으로 받아들여달라며 간청할 수 있다. 이런 상황에 대한 아주 멋진 문장을 나는 현혹자의 책에서 발견했다. '나에게 주여, 주여! 한다고 해서 모두 하늘나라에 들어가는 것이 아니다.' 환호하라, 기뻐하라. 당신이 암흑군주에게 데리고 오는 인간에게는 그것이 누구든 아주 특별한 보상이 주어질 것이니!

'죽음이 최종적인 것은 아니다!', '아무리 깊이 떨어져도 하나님 의 손바닥 위일 뿐이다!', '죽음이여, 너의 가시는 어디에 있단 말인 가?' 등 죽음에 관한 한 현혹자는 항상 매혹적인 말들을 쏟아낸다. 하지만 그 말에 속아 넘어가지 않도록 하라. 그는 어떻게 해서든 인간들 을 천국으로 데리고 가려고 세 가지 무기를 마련해놓았다. 그 세 가지 가 무엇인지 당신도 잘 알고 있어야 한다.

고해신부

현혹자는 죽어가는 인간에게 직접 찾아갈 수는 없어 소위 고해 신부를 대신 보낸다. 그들의 임무는 임종을 앞둔 인간이 평화롭게 잠 들 수 있게 하기 위해 죄책감과 마음의 짐을 덜어주는 것이다. 죽어가 는 인간이 자신의 모든 죄와 잘못을 얘기하는 것을 신부가 들어주는 것을 '고해성사'라고 한다. 당신에게는 이것이 매우 우스꽝스러운 의 식처럼 보이겠지만, 유감스럽게도 이는 꽤 자주 효과를 발휘한다. 게 다가 이 현혹자의 중개인이 임종을 앞두고 있는 인간에게 하는 기도 는 엄청난 위안을 준다고 한다. '주님은 나의 목자시니 내게 부족함이 없어라…….' 이런 비슷한 종류의 유치한 양떼와 목자 이야기로 그들은 죽어가는 인간들을 고요히 잠들게 하고 아직 살아있는 동안에 마치 천국에 가 있는 듯한 기분을 느끼게 한다. 이때 당신이 할 수 있는 가장 영리한 행동은 제대로 교육이 안 되거나 또는 너무 바쁜 신부를 불러오는 것이다. 어린양의 영혼을 치유하는 일에 크게 마음 쓰지 않는 신부 말이다. 또는 여기저기 불려다니며 졸린 듯 그리고 전혀 진심이 느껴지지 않는 기도를 올리는 바쁜 신부도 좋다. 이로 인해 당신의 목표대상이 마지막 순간까지 기분 나쁜 경험을 하게 만들 것이다.

호스피스

죽어가는 인간들을 돕는 일 말고는 다른 할 일이 없는 인간들이 정말 존재한다. 그들은 마치 가치 있는 죽음을 선물하기라도 하려는 듯 곧 죽을 인간과 함께 앉아서 대화를 나눈다. 죽음은 삶의 끝이 아니라 '다른 세계로 가는 과정'이라고 주장한다. 이 인간들은 심지어 병원이나 양로원에 자신이 죽을 것을 대비한 침실을 미리 마련해놓기도 한다. 이런 호스피스 운동이 성공적이지 않았더라면 그런 현혹된 열정에 웃어줄 수 있었을 것이다. 그러나 '죽어가는 인간과 동행하는 인간들'이 곳곳에 퍼져 있다. 그들은 절망적으로 생을 마치는 것을 막으려는 것이다. 암흑군주에게 너무나 다행스러운 것은, 이런 선한 인간들에게 경제적인 지원을 해주는 기관은 거의 없다는 점이다. 죽음을 파스텔 색으로 칠해주는 일에 대해 돈을 지불할 이유는 없지 않은가! 이런 논리를 더욱 강력하게 주장하라. 죽음을 낭만적인 감정과 연결할 시간도 공간도 없다고 하라.

어차피 호스피스가 필요하다면 제대로 하라. 스위스와 네덜란드에서 그에 대한 상당히 고무적인 사례가 발생했다. 그곳에서는 나이가 아주 많거나 병이 심각해서 누워있는 인간들의 경우 돈을 지불하면 특별한 '간병인'을 예약할 수 있다. 그들은 환자들에게 구체적인 도움을 준다. 적극적인 간병인이 치명적인 약을 조합해서 환자에게 건네주는 것이다. 우선 그들이 빨리 죽을 수 있도록 그리고 가족이나 친척들이 너무 많이 힘들어하지 않도록 그리고 마지막으로 물려줄 유산을 너무 많이 낭비하는 것을 막기 위해서.

신앙

몇 백 년 동안 우리의 선조들은 종교인이 종교인을 죽이는 잔혹한 모습에 놀라움을 금치 못했다. 현혹자의 교회가 나뉘어, 한 종파가 다른 종파와 혈투를 벌인 것이다. 광장에는 다른 편에 속해 있었다는 이유로 처형당할 기독교인을 위해 장작더미가 잔뜩 쌓여 있었다. 자기 동족을 위해 지옥불을 지피는 모습을 보는 일이 얼마나 우습던지! 그러나 한 가지 장면은 나를 깊은 생각에 잠기게 했다. 수만 명의 신자들이 성스러운 노래를 부르며 장작더미를 향해 걸어가던 모습이다. 전혀 겁을 먹지 않은 그들의 모습이란!

그들은 잘 알고 있었다. 자신이 올바른 쪽에 서 있으며 잠깐 동안 죽음의 고통을 겪고 나면 천국에서 영원한 평화를 맛보리라는 사실을. 전혀 겁을 내지 않는 그들의 태도는 우리의 의도와는 완전히 상반된다. 마치 '죽음의 한 가운데에서 우리는 삶에 사로잡혀 있다.'고 말하는 것 같다. 유감스럽게도 나는 현재까지도 죽어가는 인간들의 표정에서 종종 그런 모습을 발견하곤 한다. 이에 대응할 수 있는 묘안은 아직 찾아내지 못했다. 당신에게는 혹시 좋은 묘안이 있는가?

악마의 추천

 게오르크 슈비카르트, 〈모든 죽음에는 웃음이 담겨 있다 – 두 형제의 관계에 대해〉

죽음을 유머로 대하는 것은 현혹자 무리가 지닌 가장 비열한 무기다. 그것이 성공적일 경우 인간들이 두려움을 갖게 하려는 우리의 원칙은 완전히 무용지물이 되는 것이다. 우리의 적이 어떻게 인간들을 선동하는지를 이 책에서 아주 잘 살펴볼 수 있다. 저자는 마치 죽음과 웃음이 형제인 것처럼 말하고 있다. 그리고 그에 대한 증거를 여기저기서 잘 찾아내고 있다. 예를 들어, '나는 죽음이 두렵지 않다. 단지 죽음이 나를 찾아오는 상황만 피하고 싶을 뿐'이라고 한 우디 엘런의 말처럼. 이런, 지금 당신도 웃고 있는 것인가?

 에리히 케스트너, 〈금지된 수사학〉

이 작가는 정말 존경 받을 만한 인간이다. 인간의 비참하고 절망적인 현실을 에리히 케스트너처럼 정확하게 짚어내고 있는 인간은 드물기 때문이다. 그의 4행시를 나는 내 방 벽에 붙여놓았다. '숙명이다. 임신과 매장 사이에는 곤경밖에 없다는 사실이.' 삶은 눈물의 계곡이고 죽음을 그로부터의 해방이라고 작가는 정확하게 요약하여 표현하고 있다. 케스트너의 또 다른 현명한 말도 가슴 깊이 새겨야한다. '이 세상에 선은 없다. 우리가 직접 선을 실행하지 않는 한'

 크사비어 나이두, '이별하기'

인간은 죽고, 남은 인간은 슬퍼한다. 그래서 우리는 남은 인간들을 돌봐주어야 한다. 가장 좋은 방법은 너무 많이 생각하지 못하게 하는 것이다. 자신의 아픔 속에 조용히 몰입해 있게 하는 것이다. 그들이 어떤 생각을 하게 되는지는 이 노래를 통해 배울 수 있다. 이 가수는 비밀리에 현혹자를 위해 일하는 조력자라는 사실이 노래를 통해 분명하게 드러난다. 그와 가까운 관계에 있는 인간이 죽자, 그에게 '내가 한 모든 말'을 '용서'해 달라고 부탁하는 부분을 보면 알 수 있다. 우리 관점에서 보자면 죽은 인간은 아무것도 듣지 못하기 때문에 이미 그런 말을 하는 것 자체가 의미 없는 시도인 것이다. 하지만 죽음에 관한 한 많은 인간들이 감상적이다. 이런 유치한 생각에 빠지는 대신 생각이 꼬리에 꼬리를 물게 만들어라.

 'Death At A Funeral', 영국, 2007

(우리나라에서는 '미스터 후아유'라는 제목으로 상영됨)

당신도 나와 같은 함정에 빠지지 않기를 바란다. 처음 이 영화 제목을 보고 나는 우리를 위해 좋은 학습교재로 사용할 수 있겠다고 생각했다. 하지만 영화를 보다 보니 죽음을 희화한 블랙유머가 가득한 영화라는 사실을 깨닫게 되었다. 한 존경받는 남자의 장례식을 치르기 위해 가족들이 하나둘씩 모여든다. 하지만 죽은 이와 함께 묻어 두어야 할 비밀이 드러나고 만다. 당신도 장례식을 치를 일이 있을 테니 기존의 수많은 시청각자료에도 불구하고 이 영화를 통해 당신은 장례식에서 무엇을 주의해야 하는지를 배우게 될 것이다.

희망의 언어들

우리가 삶을 살아가기 위한 도구를 찾는 사이에 인생은 멀리 지나가버린다.

- 세네카

나는 비틀거리다 쓰러질 때까지 만족스러운 생각을 찾아다녔다.

- 줄리 슈레이더

사형집행인보다 더 좋은 조언을 해줄 수 있는 인간은 없다.

- 장 폴 마라

방청석에서는 되도록 빨리 나가는 것이 좋다.

- 고트프리트 에프라임 레싱

다음에는 적이 죽고 난 뒤에 태어나고 싶다.

- 프리드리히 대왕

천국에서 종사하느니 차라리 지옥에서 통치를 하겠다.

- 존 밀턴

죽은 인간들은 얼마나 행복할까!

- 프리드리히 실러

우리는 태어나면서 싸움터에 들어서고, 죽으면서 그곳을 떠난다.

- 장 자크 루소

특수한 경우

성공적으로 작업하기 위해 알아야 할
특수한 경우들

의사

목적 _건강은 모든 인간의 가장 큰 바람이다. 의사들은 무속인이나 의료진의 기능을 수행한다. 의사들은 '흰 옷을 입은 신'이라고 불린다. 이는 그들의 기능을 반영한 것이다. 하지만 그들은 자신의 영리와 시간에 쫓기기 때문에 환자를 진심으로 대하거나 그들의 자연치유력을 키워줄 시간이 없다. 그럼에도 불구하고 많은 인간들이 의사를 믿는다. 아픈 인간들은 건강한 인간보다 어두운 세계에 빠지기 쉽기 때문에, 병원 대기실은 당신이 목표대상을 고르기에 가장 적합한 장소다. 우리는 건강하고 행복한 인간이 아니라 불평불만이 많은 인간을 원하는 것이다!

방법 _인간들은 의사의 도움을 받아 건강해지기를 바란다. 그러나 그들이 의사로부터 받는 것은 처방전과 계산서뿐이다. 많은 환자들이 의사가 학교에서 배운 지식을 대충 얼버무리며 말하고 넘어가는데도 만족하는 모습에 나는 놀랄 뿐이다. 실제로 그 효과가 어떤지와 전혀 상관없이, 환자들은 나아졌다고 느낀다. 친애하는 악마 견습생들이여, 이런 종속적인 태도는 더욱 강화시킬 필요가 있다. 환자들이 의사에 대해 가지고 있는 일말의 회의도 사라지게 만들어라. 의사에게 더이상 질문을 하는 일도 없어야 하며, 오직 경외심을 느끼며 의사의 처방전을 받아들고 바로 약국을 향하게 하라. 약의 사용설명서를 읽는 일이 절대로 일어나서는 안 된다. 약물 복용으로 인해 발생할 수 있는 부작용은 최대한 작게 인쇄해서 읽기가 불가능하게 하라!

위험 _'대체의학 치료법'과 '동종요법' 등과 같은 생소한 개념들은 환자들을 혼란스럽게 할 수 있다. 이 부분에 있어서 무엇보다 당신의 섬세한 감각이 필요하다. 위와 같은 치료를 하는 의사들은 종종 정식으로 의대를 졸업한 동료들보다 더 큰 치유효과를 가져올 수 있다. 그러니 의대에서 배운 것이 아닌 모든 종류의 치료법은 의심하게 만들어라.

희망의 언어

> 아픈 인간은 누구에게도 호의적이지 않지만 의사에게는 유산까지 주려고 한다.
>
> — 푸블릴리우스 시루스

은행원

목적 _은행원에게도 양심은 있다. 사실 그들은 고객 상담과 합당한 대출조건의 규칙을 잘 알고 있다. 하지만 은행원으로 일을 한 지 오래된 인간일수록 그런 규칙을 잊어버렸을 가능성은 훨씬 높다. 이 때 당신의 도움이 필요하다. 그들은 당신의 목표대상이 될 수 있는 많은 인간들을 상대하는 인간이니까.

방법 _고객 상담이 가장 좋은 출발점이 된다. 은행원이 추호의 양심의 가책도 느낄 수 없게 하라. 그에게는 고객이 원하는 것을 주는 일이 가장 중요할 뿐이다. 어차피 당신은 꼬박꼬박 월급을 받을 것이고, 그게 가장 중요하다! 계약을 많이 성사할수록 그리고 그 위험부담이 큰 계약일수록 그에 따르는 이익배당금은 더욱 높아질 것이다.

위험 _최근 은행은 매우 민감한 주제가 되었다. 대출이 이뤄지지 않으면, 그것은 고객에게 문제가 되는 것이다. 하지만 최근 많은 은행들이 줄줄이 파산하여 전체 은행업계가 흔들릴 정도였다. 이제 고객들에게 다시 신뢰감을 주는 일이 시급하다. 그래야만 다시 투자자들이 더욱 큰 위험부담도 감수하게 될 것이다.

희망의 언어

돈은 결코 질리는 법이 없다.

- 베스파시안 황제

감독 (개신교)

목적 _우리로서는 아주 기쁘게도, 현혹자의 교회는 여러 종파로 나뉘었다. 개신교에서는 종파 간에 위계질서가 없다고 주장하고 모든 기독교인은 다 똑같다고 한다. 그럼에도 불구하고 그들은 감독(bishop)을 대중 앞에 내세운다. 가끔 여자인 경우도 있지만 대체로 남자인데, 그들은 세상에서 일어나는 일들과 교회에 관련된 테마에 대해 뭔가 의미 있는 얘기를 하려고 노력한다. 감독도 다른 평범한 인간들과 마찬가지로 몇 가지 테마에 대해서만 본질적인 얘기를 할 수 있다. 그러나 감독이 그런 사실을 인정하지 않는 데 비극이 있다. 그들은 자신의 신앙에 근거해서 하늘과 지상 사이에서 일어나는 모든 문제에 대해 의미 있는 코멘트를 할 수 있다고 생각한다. 당신의 임무는 그들이 조금도 자기회의적인 태도를 보이지 않게 하고 100퍼센트 자기 확신에 차서 행동하게 만드는 것이다!

방법 _감독이 외부인들이 어떤 반응을 보이는지를 절대 경험하지 못하게 하라. 그가 내뱉은 무능한 코멘트에 대해 인간들이 피곤한 듯한 또는 심지어 연민어린 미소를 보내는 것을 보지 못하게 해야 한다! 그리고 상투적인 언어를 구사하는 기술을 가르쳐라. 영리한 말처럼 들리지만 사실 전혀 의미 없는 그런 말이 그의 입에서 줄줄 나오게 만들어라. 똑똑한 인간은 감독이 무능력함을 알아차리게 될 것이다.

위험_ 달변이고 공부도 많이 한 전문적인 인간이 감독으로 임명되는 경우도 종종 있다. 그가 그런 특성을 되도록 빨리 잃게 만들어라. 기사가 딸린 차를 가능한 한 빨리 보여줘라. 이제 직위가 중요한 것이 아니라 존재감이 중요해지는 것이다!

해방의 언어

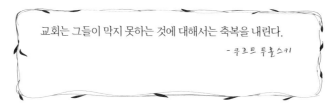

교회는 그들이 막지 못하는 것에 대해서는 축복을 내린다.

- 쿠르트 투홀스키

주교 (가톨릭)

목적 _우리로서는 아주 기쁘게도, 현혹자의 교회는 여러 종파로 나뉘었다. 천주교에서는 종파 간에 위계질서가 있다는 사실을 굳이 부정하지 않으며 하늘나라에도 단계가 있다고 한다. 몇몇 인간들은 물론 현혹자를 가장 높은 곳에 세워 놓는다. 예를 들어, 안수로 예수님의 힘을 부여받게 된 종교인들이 특히 그렇다. 주교도 그런 인간들에 포함된다. 그들은 대체로 목에 십자가를 걸고 다니고 개신교에 있는 그들의 동료보다 더 많은 권력을 지닌다. 권력은 인간을 타락시킨다. 이런 원칙은 성직자에게도 예외가 아니다. 단지 그들은 이런 사실을 모르고 있을 뿐이다.

방법 _이미 주교로 임명되는 순간부터 당신의 적극적인 개입이 필요하다. 가톨릭의 경력이 발전하는 단계를 진화에 비교해보자. 강하고 상대방을 물어뜯는 인간이 살아남는다. '자연선택(natural selection)'의 원칙에 따라 권력의식이 있는 남자만 주교자리에 앉을 수 있다. 그런 자리를 차지한 인간은 암흑군주가 예전에 예수에게 사막에서 시도했던 유혹에 똑같이 노출되어 있다. 그에게 전 세상을 지배할 수 있는 권력을 제안하라. 그 결과를 보면 예수와 주교 간의 차이를 쉽게 알아차릴 수 있을 것이다.

위험 _주교가 평신도와 대화를 나누는 일이 일어날 수 있다. 그로써 주교는 체면이 구겨지는 비판이나 요구사항에 직면할 수 있다. 독신제를 폐지하라든지, 여자들에게도 신부직을 허용하라든지, 평신도에게 더 많은 참여를 보장해달라는 등. 이런 직접적인 교류가 생기는 일을 막아야 한다! 당신의 목표대상인 주교가 대중과 만나는 일은 예배나 신자들과 일정 거리를 두고 미소만 보내면 되는 종교행사를 위한 행렬이 있는 경우에만 허락해야 한다.

해방의 언어

> 권력의 비밀은, 다른 인간이 우리보다 더 겁쟁이라는 사실을 아는 것에 있다.
>
> - 루드비히 뵈르네

목적 _인간들은 하루 중 대부분의 시간을 텔레비전 앞에서 보낸다. 텔레비전에서 보게 되는 것들이 모두 암흑군주의 의도에 부합하는 것은 아니다. 배울 것이 많은 교육방송, 다큐멘터리 영화, 정치 매거진 등은 전혀 불필요한 방송으로, 심각한 경우에는 인간들이 생각을 하게끔 유도하게 된다. 대부분의 방송 종사자들은 그러한 사실을 잘 파악하고 있다. 그래서 감상적인 영화와 드라마, 유치한 시리즈와 소리를 꽥꽥 지르는 코미디, 토크쇼, 민속음악 등을 보여주는 방송을 만든다. 이런 방법으로 시청자의 뇌세포가 긴장을 풀 수 있게 하고 잘하면 퇴화될 수도 있는 시간을 선물하는 것이다. 프로그램이 어느 방향으로 발전해야 하는지 결정하는 문제에도 당신이 더욱 적극적으로 개입해야 한다.

방법 _시청자가 좀 더 머리를 쓰고 싶은 마음이 들게 하면서도 그와 동시에 머리를 너무 많이 쓰지 못하게 해야 한다. 텔레비전에서 이에 가장 성공적인 예는, 퀴즈를 내고 맞히는 인간에게 상금을 주는 방송이다. 아무런 의미도 없는 말을 떠들면서 대체로 젊고 매력적인 여자 사회자들이 시청자의 시선을 사로잡는다. 그들의 퀴즈는 대체로 초등학교 수준의 지식을 요구한다. 예를 들어, '강' 이라는 단어로 시작하는 동물로 세 글자인 것은? 이라고 문제를 낸다. 그러면서 정답을 알고 스튜디오로 유료전화를 거는 모든 시청자에게 높은 상금을 약속한다. 모든 전화통화는 유료이고, 그들은 끝없이 기다려야 한다. 이처럼 시청자의 돈을 긁어모으는 방송이 없었다면, 당신이라도 그런 방송을 발명해냈어야 했을 것이다. 어쩌면 당신도 이런 비슷한 아이디어를 생각해낼 수 있을 것이다!

위험 _텔레비전이 인간들을 바보로 만드는 방향으로 가고 있다고 생각한다면, 그와 반대되는 움직임도 있다는 것을 알고 있어야 한다. 현혹자에 의해 조종된, 책임의식 있고 창의적인 인간들이 상상력 가득한 방송을 만들고자 한다. 예술적인 영화와 지적인 재미가 있는 방송을 만드는 것이다. 하지만 당신은 경제적인 상황으로 이런 현상을 비교적 빠르고 쉽게 되돌려놓을 수 있다.

해방의 언어

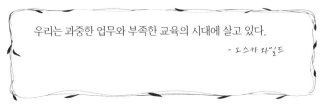

우리는 과중한 업무와 부족한 교육의 시대에 살고 있다.

- 오스카 와일드

환자

목적 _코감기든, 류머티즘이든 또는 암이든, 아픈 인간은 누구나 약해지고 그래서 현혹자의 권력에서 벗어나기가 쉽다. 그러므로 아픈 인간에게 병과 싸워야 한다는 사실을 분명하게 깨우쳐줘라. 치유의 가능성이 있다고 넌지시 알려라. 악마의 편에 서서 병과 싸워야 한다는 사실을 그에게 깊이 각인시켜라. 그는 더 이상 인생의 아름다운 면을 볼 수 없게 될 것이고 병에만 집중하게 될 것이다. 게다가 당신이 의학적 지식이 있는 것처럼 환자의 절대적인 신뢰를 받게 되면, 당신은 제대로 하고 있는 것이다.

방법 _아픈 인간들은 항상 '왜 하필 나일까?' 라는 질문을 하게 된다는 점에서 출발하면 된다. 그러면 암흑군주의 치유력으로 유인할 수 있는 가능성이 많다. 환자의 질문에 대해 '현혹자의 의지대로 살지 않았기 때문이야' 라는 대답만이 가능하기 때문이다. 현혹자에게 복종하지 않아 그에게 병이라는 벌을 내렸다는 사실을 깨닫게 되면, 그는 무너질 것이다. 신앙심이 없는 환자에게는 그가 저지른 나쁜 행동에 대한 대가로 병을 얻게 되었다고 하면 된다.

위험 _무슨 일이 있어도 의사들이 제안하는 것처럼 환자가 자신의 병과 '친해지는 것'을 막아야 한다. 절대로 무너지지 않을 건강을 유지할 수 있다고 비전을 제시하라. 그러면 그 환자는 현혹자의 편에서 등을 돌릴 것이다.

희망의 언어

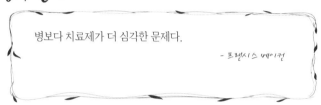

병보다 치료제가 더 심각한 문제다.

- 프랜시스 베이컨

교사

목적 _어릴수록 다른 인간의 영향을 받기 쉽다. 그러므로 아이들이 일찍부터 암흑군주의 사고세계를 접할 수 있도록 하는 것이 매우 중요하다. 공식적인 교과과정에는 침투할 방법이 없다. 그러므로 아이들의 생각에 접근하기 위해서는 교사와 직접적으로 교류하는 것밖에 달리 방법이 없다.

방법 _물론 아이들은 지옥불, 지옥, 악마, 악령 등과 같이 우리 세상에 대한 기본적인 개념들을 많이 들어보지 못했을 것이다. 하지만 그보다 더욱 중요한 것은 아이들에게 이 세상에는 희망도 정당함도 없다는 회의적인 사고방식을 심어주는 것이다. 많은 과목이 그런 용도로 아주 적합하다. 예를 들어, 국어시간에는 그런 내용에 대한 텍스트를 읽는 것이다. 역사 선생님은 진보를 위한 운동이 실패한 경우들을 끄집어내는 것이다. 그리고 생물시간에 진화에 대한 내용에서는 우리 인생은 그렇게 녹녹치 않으며 결국 항상 강자가 살아남게 되는 싸움일 뿐이라는 사실을 전달하는 것이다. 교사의 태도와 자세도 아이들에게 좋은 모범이 될 수 있다. 지루한 듯, 많은 업무에 지쳐, 환멸감을 지닌 표정으로 어슬렁거리며 교실에 들어오는 선생님의 모습을 보면, 배움에 대한 아이들의 열정도 싹 사라질 것이다.

위험 _자신의 직업을 열정적으로 실천하는 교사들이 가끔 있다. 특히 젊은 교사들에게서 그런 모습이 자주 보인다. 그들은 무미건조한 학습교재를 더욱 생동감 있게 전달하고 아이들과 신뢰관계를 형성한다. 이처럼 과하게 열심인 교사를 만나면, 그의 열정을 꺾어줘라. 다른 교사들의 질투심이나 특히 문제가 심각한 학생을 이용하면 된다!

희망의 언어

대부분의 교사가 수업시간에 견뎌야 하는 많은 노력과 불만처럼, 방앗간에서 그런 것들을 견뎌내는 당나귀가 있을까?

- 필립 멜란히톤

목적 _부자가 자신의 재산을 피땀 흘려 벌었다고는 절대로 생각하지 말라. 그들 중 대부분은 유산으로 거대한 재산을 물려받은 것이다. 그래서 백만장자들은 그에 맞게 행동한다. 그들은 그들이 지금 누리고 있는 막대한 재산 뒤에 어떤 노력이 숨어있는지 모른다. 기업인들은 예전에는 대체로 사회에 대한 일정 정도의 양심을 지니고 있었고, 그들 중 많은 인간들이 심지어 현혹자의 추종자였으며, 그들의 재산 중 일부를 복지 프로젝트를 위해 사용했다. 아무런 대가도 없이! 상속받은 백만장자의 모습에서는 이런 자선가의 모습이 나타나지 않는다. 그들은 차가운 심장을 가지고 있다. 그들은 요트를 사서 전 세계를 돌아다니고, 디너 파티를 열고, 가장 아름답고 부자인 인간들 중 한 명이다. 그들은 최고의 옷을 사서 입는데도 이상하게 스타일은 꽝이다. 이기주의와 무관심이라는 두 가지 특징이 상속받은 백만장자에게는 모범이 된다!

방법 _궁핍한 인간에 대한 동정심이 생기려는 싹부터 모두 잘라버리는 게 중요하다. 이는 주교(가톨릭)가 평신도와 교류하려는 것을 절대적으로 막아야 하는 것과 마찬가지다. 유감스럽게도 백만장자가 가난한 인간들과 직접적으로 교류하는 것을 완전히 차단할 수는 없다. 선

팅이 되어 있는 리무진 창문을 통해 바라보는 길거리 풍경에서 그들은 가끔 걸인, 노숙인 그리고 궁핍한 인간들을 보게 된다. 어쩌면 좀 더 발전된 기술을 이용하는 것도 좋은 방법이 될 것이다. 예를 들어, 자동차 창문을 텔레비전 화면처럼 만들어 깨끗하고 인적 없는 거리풍경을 볼 수 있게 하는 것이다. 또는 내비게이션에 한 가지 기능을 추가할 수도 있을 것이다. '인간이 전혀 없는 경로 찾기' 기능 말이다.

위험 _성가신 유행이 돌고 있으니 주의하라! 즉, 부자들이 좋은 목적을 위해 재단을 설립하는 것이다. 그로써 그들은 자신의 이미지를 긍정적으로 만들 수 있고, 양심의 가책도 벗어버릴 수 있고, 세금도 절약할 수 있게 되는 것이다.

해방의 언어

> 인간은 돈에 대한 탐욕을 지닌 동물이다. 그리고 이런 특성은 인간이 자비를 베푸는 일에 자주 방해가 된다.
>
> - 허먼 멜빌

목적 _친애하는 악마 견습생들이여, 우리도 일종의 전도사다. 물론 우리는 현혹자가 아니라 암흑군주를 위해 일할 뿐이다. 어쨌든 우리는 전도사들을 우리의 목적을 위해 잘 이용할 수 있다. 시각만 살짝 바꿔주면 전도사들이 우리의 목적을 위해 일하게 될 것이다.

방법 _그들의 허영심을 자극하라. 자신의 종교를 통해 다른 인간을 설득하려는 인간은 이 부분에 있어서 대체로 매우 취약하다. 전도사는 중심에 서야 하고 좋은 인물로 인정받아야 한다. 그에게는 사실 '정신' 보다는 성공에 대한 통계가 더 중요하다. 전도사에게 많은 대중을 선물하고, 그가 수많은 신문기사에 오르게 만들어라. 그의 텔레비전 쇼가 생기면 더욱 좋다. 그러면 그는 성공에 눈이 멀게 될 것이다. 인간에게 신앙이라고 설파하는 것들은 이제 단지 피상적인 종교 얘기일 뿐이다. 이제 그는 우리에게 전혀 위협적인 존재가 아니다.

위험 _뒤에서 묵묵히 일하는 전도사들을 조심하라. 자신의 신앙을 말로써가 아니라 행동으로 보이는 인간들 말이다! 그들은 대체로 작은 집단 안에서 일하지만 그 안에서 매우 강력한 영향력을 행사한다. 그들은 원하지도 않는데 종교를 강요하는 행동도 보이지 않으며, 단지 모범적인 모습을 보임으로써 주변에 영향을 미친다. 사회에 곳곳에서 그런 인간들을 발견할 수 있다. 사무실, 마트, 병원, 관청 등. 그들은 잠수함처럼 숨어서 현혹자를 위해 일하는 인간들이다.

해방의 언어

> 훌륭한 전도사는 자신의 외투를 포도주 깊이 담그고 커다란 짐을 안고 움직이는 인간이다.
>
> - 아델베르트 폰 샤미소

교황

목적 _현혹자의 말씀과 의도를 대중에게 알리는 기관 중 가장 잘 알려진 것으로는 '교회'가 있다. 그 교회들의 가장 우두머리가 '교황'이라는 타이틀을 달고 있다. 가끔 나는 현혹자가 참 불쌍하다는 생각이 드는데, 지상에 있는 그의 대리인이 얼마나 비전문적으로 행동하는지 볼 때 특히 그렇다. 하지만 적의 교리가 그렇게 인격화되고 이제는 전혀 식별할 수 없을 정도로 관료화되는 것은 우리에게는 아주 좋은 일이다. 교황이 권위적이고 예측할 수 없게 행동할수록 더 많은 인간들이 진정한 현혹자의 교리에서 멀어질 것이기 때문이다!

방법 _교황의 무류성(infallibility)을 주장하던 시대가 있었다! 그에 따라 오늘날까지 수백만의 신자들이 교황이 선포하는 교리에 대해 의문을 제기하지 못하게 한다. 예를 들어, 예수의 어머니인 마리아가 '동정녀'로 잉태했으며, 죽은 뒤에는 천국으로 올라가서 하나님과 예수 그리고 성령 옆에 함께 앉아있게 되었다는 것에 대해서도 전혀 의심할 수 없다. 그 최고정점이 바로 교황의 무류성이다. 즉, 교황이 선포하는 교리에 오류가 있을 수 없다는 것이다. 그가 종교적 진실이라고 선언하는 것은 현혹자와 같은 지위를 누리게 된다. 이제 당신에게 임무를 부여하겠다. 무류성의 교리는 1950년대에 생겨난 것이다. 즉

60년 전부터 신자들은 한 가지 교리를 포기해야만 했던 것이다! 교황에게 앞으로 교회 역사를 어떻게 발전시킬 것인지에 대해 제안하라. 베드로를 삼위일체에 포함시키거나 아니면 성추행으로 유죄를 선고받은 신부에게 사면권을 보장해주는 건 어떨까? 당신의 상상력을 총동원하라! 납득하기 힘든 교리일수록 우리에게는 더욱 유리한 것이다!

위험 _가톨릭교회에서도 관용적인 태도가 등장하고 있다. 이러한 경향을 우리는 결단코 막아야 한다. 우리는 강력한 교회를 원한다!

희망의 언어

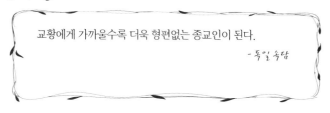

교황에게 가까울수록 더욱 형편없는 종교인이 된다.

-독일 속담

목사(개신교)

목적 _목사는 본래 특정 지역의 신자들을 위해 목자 역할을 해야 한다. 하지만 그들에게는 해결해야 할 수많은 임무가 있다. 교구를 운영하고, 고민을 들어주는 역할을 하고, 설교를 하고, 단체를 지도하고, 종교적 내용을 교육하고, 위로하고, 교회를 운영해야 하고, 교구 신문을 편집해야 하고, 대표자로 활동해야 하고, 예배를 진행해야 한다. 대부분의 목사가 이런 모든 활동을 교육받은 것이 아니기 때문에, 그렇게 몇 년이 지나고 나면 그들은 완전히 지쳐버린다. 그러면 기쁨의 말씀을 비참한 표정으로 전파할 수밖에 없게 되는 것이다. 우리에겐 정말 잘된 일이다!

방법 _압박, 압박, 압박이 필요하다. 목사가 3,000명의 신자를 책임져야 하는 경우를 상상해보라! 당신이 이런 목표를 가져보는 것도 좋을 것이다. 교구민 중 한 명이 종교적인 또는 사회적인 문제를 가지고 1년 동안 매일 목사를 찾아가 도움을 청하게 만드는 것이다. 그렇게 1년이 지나고 나면 강도를 좀 더 높여서 하루에 두 번씩 찾아가는 것이다. 그 다음에는 더 자주 찾아가는 것이다. 그렇게 함으로써 당신은 목사의 기력을 완전히 소진시킬 수 있다. 목사에게는 당신을 상대하는 일 외에도 일상적으로 해내야 하는 일들이 잔뜩 쌓여 있으니까.

예배, 성경공부 지도하기, 교리수업, 어르신반 모임, 교회 임직원 회의 등, 그들은 일주일에 96시간을 일해야 한다!

위험 _때때로 교구민들로부터 벗어나기 위해 비열한 트릭을 쓰는 목사들이 있다. 초인종이나 전화기를 꺼놓는 목사도 있고, 모든 교구민의 70번째 생일을 직접 찾아가 축하하는 일을 거부하는 목사도 있다. 또 월요일은 휴일이라는 원칙을 무슨 일이 있어도 엄격하게 지키는 목사도 있다. 심지어 교구민의 고통보다 자신의 공부에 몰두하면서 '안식년'을 즐기는 목사도 있다. 또는 교회의 요양시설에서 특별한 휴가주간을 보내는 인간도 있다. 친애하는 악마 견습생들이여, 그러니 조심하라! 이런 이기적인 목사가 양심의 가책을 느끼게 하고 '하나님은 너를 필요로 하느니, 그것도 매일 그리고 매 순간!' 이라는 사실을 분명하게 알려라.

해방의 언어

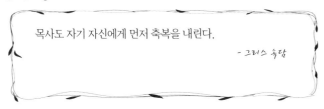

목사도 자기 자신에게 먼저 축복을 내린다.

- 그리스 속담

목적 _민주주의라고? 국민이 지배하는 세상이 아니라 악마군주가 지배하는 세상이 되어야 한다! 모든 것이 투표와 선거로 결정된다면, 우리는 어디로 갈 수 있겠는가? 이상적으로 구상해낸 민주주의가 현실에서 좌초하는 모습을 보고 있자면 참으로 흐뭇하다. 정치인들은 그들을 뽑은 유권자들, 공익 그리고 나라에 대해 의무감을 가져야 한다. 하지만 그들은 상당히 자주 자기 자신만의 이익을 추구한다. 그들은 정치인의 임금인상을 상정하고, 국민의 노후보장보다는 자기 자신의 노후보장을 더 돌보고, 수백 개의 로비그룹들이 속삭이는 소리를 들으며 배회한다. 단지 선거를 앞두고 있을 경우에만 지역구의 시민들에게 관심을 보이고, 선거가 끝나고 나면 아무런 기억도 나지 않을 약속을 한다. 이처럼 냉정하고 무자비한 특성이 적당히 혼합되어 있는 정치인이야말로 우리에게는 최고의 가치가 있는 목표대상이다.

방법 _정치인들은 외롭다. 고향에서 멀리 떨어져 대도시에 살아야 하거나 여행을 많이 해야 하는 인간의 경우는 더욱 그렇다. 외로움은 항상 당신과 당신의 과제를 위해 아주 좋은 조건이 되어 준다. 외로움에서 벗어날 수 있도록 사회에서는 그들에게 여러 가지 방법을 제공한다. 예를 들어, 최고급 이벤트나 식사에 초대하는 것과 같은 방식으로. 그곳에서 그들은 담배산업, 제약회사 또는 무기산업 등과 같은 거대 이해집단의 대표자와 만나게 된다. 이 만남이 잘만 성사되면, 당신이 점찍은 정치인에게 여행, 선물 또는 상품권 등이 쏟아져 들어오게 될 것이다. 그러면 이제 당신은 그를 '매수 가능한' 인간으로 여겨도 괜찮다. 이런 방식으로 그는 협박할 수 있는 대상이 되는 것이다. 그의 마음속에서 일어나는 양심의 가책은 서서히 무너져내릴 것이고 술이나 그와 비슷한 다른 수단으로 감춰지게 될 것이다. 권력에 대한 의지가 그를 무력하게 만들 때까지 이 게임은 계속 진행될 것이다.

위험 _정치인들의 이미지는 이미 땅에 떨어져, 그들은 국민들로부터 존경받지 못하게 되었다. 그들은 도리에서 벗어난 행동을 하거나 자기 자신만 생각하는 모습을 너무 자주 대중들에게 보여주었다. 한 보수파 정치인이 젊은 여직원의 침대에서 뒹굴고 있는 모습이라든가, 꼬박꼬박 세금을 낸 인간들의 돈으로 휴가를 가는 경우, 여행에서 모은 마일리지에 대한 대가로 고가의 물건을 받는 경우 등. 또한 갑자기 자기 직업을 내팽개치고 물러나는 경우도 있다. 정치인은 눈에 띄지 않게 행동해야 한다. 그럴 수 있도록 당신이 도와라!

해방의 언어

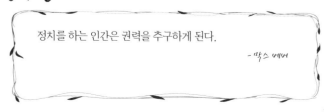

정치를 하는 인간은 권력을 추구하게 된다.

— 막스 베버

신부

목적 _신부가 되면 신체적인 사랑은 금기사항이 된다는 사실은 누구나 알고 있다. 그들은 금욕적인 삶을 살아야 하며 하나님과 교구만 돌봐야 한다. 악마 견습생들이여, 성적인 부분이 당신이 활동하기에 가장 좋은 영역이 된다. 신부들에게서 빠른 성공을 경험할 수 있을 것이라고 나는 보장할 수 있다. 그들은 음식, 잠, 의미 추구, 섹스 등과 같은 평범한 충동을 지닌 가련한 인간일 뿐이기 때문이다. 초창기 기독교인들부터 이미 자신이 특별한 믿음을 가지고 있다고 착각하고 성관계를 완전히 포기하려고 시도했고 그래서 수도원으로 도망치거나, 고행을 하거나 거세도 해보았지만 결국 실패했다.

방법 _신부를 섹스로 유혹하기 위해서는 대부분 아주 작은 자극만 주어도 충분하다. 신부님 사제관에서 집안일을 해주는 여자가 애교스러운 옷과 가슴을 훤히 드러낸 차림만 하면 된다. 또는 동성애적인 분위기가 풍기는 유흥업소에 데리고 가는 것도 좋은 방법이다. 이런 작업은 특히 매우 즐거운데, 그에게 이중적인 생활을 영위할 수 있도록 유혹할 수 있기 때문이다. 겉으로 보기에는 금욕적인 생활을 하고 있지만, 사적으로는 자신의 욕망대로 살고 있는 것이다. 그가 느끼는 이런 딜레마에 대해서도 탈출구를 제시하라. 술을 마시면 정신적인 고통이 씻겨 내려갈 것이라고 위로하라.

 _두 가지 위험요소를 주시해야 한다. 하나는 신부의 독신제를 폐지하려는 교회운동이다. 최근에는 이런 운동을 지지하는 종교지도자나 주교들도 등장하고 있다. 독신제가 사라지면 우리가 신부들을 공략할 수 있는 가장 좋은 조건이 사라지는 것이니, 주의하라! 또 하나의 위험요소는 사랑하는 인간과 아이를 낳고 살기 위해 신부의 직분을 그만 두는 인간들이다. 그들에게는 신부라는 신분보다 사랑하는 인간과 함께 살고 가족을 이루는 것이 더욱 중요한 것이다. 모든 신부가 그렇게 하면 우리는 어떻게 하란 말인가?!

해방의 언어

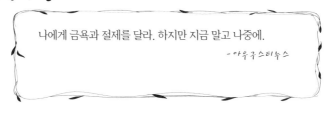

나에게 금욕과 절제를 달라. 하지만 지금 말고 나중에.

- 아우구스티누스

유명인

목적 _비가 추적추적 내리는 주말에 잡지를 한 권 사서 읽어보라. 가능하면 수많은 귀족들, 배우들 그리고 유명인들이 등장하는 화려한 잡지를 사라. 유명인들은 어떻게 사는지를 알기 위해서는 잡지를 읽어보는 것이 중요하다. 사랑과 이별에 대한 이야기, 기쁘고 슬펐던 인생사, 좋아하는 일과 노이로제를 일으키는 일 등에 대해 읽을 수 있을 것이다. 삶의 고백과 인터뷰 기사와 마찬가지로 당신은 자선바자회와 기부활동에 대한 기사를 읽으면서도 오싹해짐을 느낄 것이다. 잡지에 등장하는 유명인들은 레드 카펫 위에 서는 것을 좋아하며 여론의 주목을 받기를 원한다. 그들은 자의식을 위해 요란하게 번쩍이는 플래시 불빛을 필요로 한다. 파파라치나 열성적인 기자가 더 이상 따라붙지 않으면 우울증을 겪게 되는 인간도 있다고 한다. 우리는 그런 상황을 원하지 않는다. 오히려 반대이다. 당신의 과제는, 당신의 목표대상에게 세상에서 제일 아름답고 부자인 유명인들의 피상적인 삶을 보여주는 것이다. 그렇게 하면 삶의 의미에 대한 진지한 생각이 바뀔 수 있기 때문이다.

방법 _유명인들이 카메라 세례를 기피하는 현상이 생기지 않도록, 그들이 공식석상에 등장할 때는 최대한 그들의 비위를 맞춰 잘 대접

하라. 그것이 그들의 허영심을 부추기고 기분 좋게 만들 것이다. 그들의 수준에는 5성급 호텔과 최고급 레스토랑이 어울린다. 적어도 행사장으로 가는 길을 위해서 스타일리스트와 기사를 준비해주는 것도 좋다. 그렇게 순조롭게 잘 진행되고 있다면, 그가 사생활에서 기분전환을 할 수 있게 하라. 음모와 외도를 살짝 추가해주거나, 아이를 낳게 하고 가끔 스캔들을 일으켜라. 물론 그런 사실은 항상 연예부 기자에게 알려야 한다. 너무 당연하지 않은가.

위험 _이 분야에 있어서 가장 큰 위험은 독자들이 서서히 그런 기사에 지겨워할 수 있다는 것이다. 항상 새로운 얼굴이 유명인의 지위에 올라서게 함으로써 그리고 그의 허영심을 부채질함으로써 독자들을 계속 붙잡아둘 수 있다.

희망의 언어

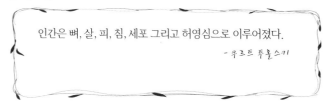

인간은 뼈, 살, 피, 침, 세포 그리고 허영심으로 이루어졌다.

- 쿠르트 투홀스키

매춘부

목적 _사랑을 사랑에 빠지는 경험으로 축소시키는 방법에 대해서는 이미 앞서 언급했다. 진정한 사랑에 대한 갈망을 사랑이라는 상품으로 진정시키기 위해서는 특별히 섬세한 감각이 필요하다. 매춘부와의 섹스는 더욱 깊은 곳에서부터 충족감을 준다고 생각하게 만들어야하기 때문이다. 가장 좋은 방법은 며칠 정도 사창가를 한번 둘러보는 것이다. 그곳에서 특별한 종류의 지옥을 경험할 것이다. 사랑을 찾고 성관계를 맺는 인간들, 돈으로 인간을 사고파는 모습과 노이로제적인 욕정의 분위기 등. '사랑을 파는 여자들'이 어떻게 친밀감과 사랑에 대한 환상을 일깨워주는지를 보고 우리도 배울 점이 있을 것이다. 그렇게 배운 것을 다른 인간들에게도 전하라.

방법 _남자들의 경우 '성욕이 축적되어 있기' 때문에 사창가를 찾을 수밖에 없다는 가설이 수백 년 동안 존재해왔다. 하지만 매춘부들이 그런 편견을 수정해주었다. 그들은 남자들이 사창가를 찾는 동기가 외로움이라고 말한다. 많은 남자들이 빨간 등이 켜진 방안에서 단지 자신의 절망감을 털어놓기 위해 돈을 지불한다. 물론 그 이후에는 의무적으로 관계가 이루어진다. 그러므로 사창가에서 당신은 고해성사를 할 수 있다. 그로써 성당이 가지고 있는 고해성사에 대한 독점권을 깰 수 있는 것이다.

위험 _사랑을 하거나 애정관계를 유지하는 데 있어서 별 문제가 없는 남자들은 사창가를 찾을 충동을 느끼지 않는다. 남녀관계를 맺는 데 문제가 있는 남자일수록 사창가에 가서 돈을 지불할 가능성이 더욱 높아진다. 그의 갈망은 채워질 수 없는 것이다.

해방의 언어

> 감옥은 돌과 법으로 만들어졌고, 사창가는 종교의 벽돌로 만들어졌다.
>
> — 윌리엄 블레이크

241

신학자

목적 _현혹자의 교리는 성경과 다른 책들에 담겨 있다. 인간은 문학적인 시도를 통해 다른 인간들도 빛의 말씀을 이해하기 쉽게 표현하고자 했다. 그러면서 수많은 모순과 의문이 '성서'에 유입되었다. 이를 설명하기 위해 또 직업군이 생겨났는데, 이들은 2천 년 전에는 '율법학자'라고 불렸으며, 오늘날에는 '신학자'라고 불린다. 그들 중에는 매우 높은 교수직에 있는 인간들도 있다. 그들은 번역하고, 오래된 자료를 조사하고, 연구하고, 현혹자와 관련이 있는 모든 것을 찾아 비교한다. 성경에 나오는 한 단어를 설명하기 위해 보통 9,262개의 단어를 사용해 표현한다. 사서와 같은 치밀함으로 그들은 문장이나 종교고백을 해부하고, 더 이상 아무것도 남지 않을 때까지 조각조각 분해한다. 적의 교리를 무력화시킬 수 있는 아주 우아하고 믿음직한 방법이다!

방법 _대체로 흥분하는 모습을 보이지 않던 나사렛 예수가 그 시대의 신학자인 율법학자들에 대해서는 '안타깝도다, 너희 율법학자들이여……'라며 강하게 그들을 모욕하고 있다. 이러한 경향은 오늘날까지도 이어지고 있다. 악마 견습생들이여, 당신의 임무는 신학을 진지한 학문으로 더욱 견고히 하는 것이다. 신학자들이 현혹자에 대한 모든 해석을 할 수 있는 독점권을 가져야만 한다. 그래야만 실제 사실을 알 수 있는 인간이 최소한으로 줄어들기 때문이다.

위험 _우리 선조들이 잠시 태만한 틈을 타서 약 500년 전 한 신학자는 신학의 권력을 뒤흔드는 일에 성공할 수 있었다. 그때까지 민중들은 성경을 직접 읽을 수 없었고 그래서 그들은 신학자의 해석에 의존할 수밖에 없었다. 성경이 각각의 나라말로 쓰이지 않았다는 아주 단순한 이유 때문이었다. 성경이 독일어로 번역된 이후로 모두가 자신의 생각을 말하려고 하고 자신의 신앙관을 옳다고 여기게 되었다. 혹시 모든 성경책을 다시 라틴어나 그리스어로만 쓰게 할 수 있는 좋은 방법이 있는가? 그와 비슷한 우리 악마 견습생의 노력이 최근에 결실을 맺은 적이 있다. 교황의 축복과 함께 예배도 독일어가 아니라 다시 라틴어로 이뤄져야 한다는 의견이 나온 것이다.

해방의 언어

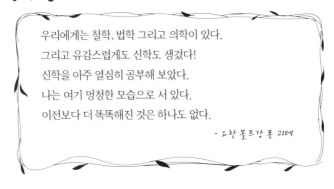

우리에게는 철학, 법학 그리고 의학이 있다.
그리고 유감스럽게도 신학도 생겼다!
신학을 아주 열심히 공부해 보았다.
나는 여기 멍청한 모습으로 서 있다.
이전보다 더 똑똑해진 것은 하나도 없다.

- 요한 볼프강 폰 괴테

관광객

목적 _여행은 인간들이 가장 좋아하는 여가활동 중 하나이다. 그들은 자신이 지루하다고 생각하는 곳에서 벗어나 멀리 떠나고 싶은 것이다. 그들은 새로운 세계를 경험하고, 낯선 세상을 알고, 다른 인간을 만나고, 생소한 문화를 탐구하고자 한다. 이것이 여행의 이상적인 모습이다. 하지만 현실은 다르다. 그리고 바로 그런 점에서 나는 기쁘다. 값싼 비행기, 여객선 그리고 관광버스가 한 무리의 인간들을 이곳에서 저곳으로 나른다. 관광객들은 그들끼리만 모여 지내고, 아침은 이국적인 분위기가 살짝 묻어나는 뷔페로 식사를 하고, 버스에 앉아서 중요한 관광지가 지나가는 모습을 창밖으로 바라볼 뿐이다. 나머지 시간에는 독일 맥주와 와인을 마실 수 있는 술집에서 시간을 보내거나 또는 장식품 판매상에게 돈을 다 쓴다. 관광객들이 집으로 돌아가면, 다른 지역은 경험했지만 새로운 것은 경험하지는 못한 채인 것이다. 여행을 바로 그래야 한다!

방법 _낯선 곳을 경험하는 것은 힘든 일이다. 인간들은 여행을 하면서 새로운 것을 배우고 싶은 것이 아니라 그들이 알고 있는 상투적인 말들과 선입견을 확인하고 싶은 것이다. 그러니 그들이 원하는 것을 주도록 하자! 티롤 지역의 민속춤, 하와이의 훌라춤, 가볍게 옷을 입고 격렬한 춤을 추는 나미비아의 흑인들, 체크무늬 치마를 입고 백파이프를 연주하는 스코틀랜드 하이랜드지역 인간들의 모습 등. 관광객들은 그런 것들을 경험하고 나서 그 나라와 그곳 인간들을 정말 알게 되었다고 기뻐하며 말한다. 독일에서도 비슷한 것을 제공할 수 있다. 해변에서 들리는 뱃노래와 산간지역에서 추는 슈플라틀러 춤이 그것이다.

위험 _패키지관광을 선호하지 않는 무리들이 생겨나고 있다. 배낭 하나 메고 그냥 먼 곳으로 떠난다. 혼자서 한 나라를 탐험하기 위해. 그들은 큰 호텔에서 묵지 않으며 그 지역의 교통수단을 이용하기 때문에 현지 인간들과 대화를 할 수밖에 없다. 그들은 아주 평범한 일반 식당에서 식사를 한다. 커피숍에 앉아 인간들과 대화를 하기도 하고, 목적지 없이 도시나 자연을 배회하기도 한다. 이런 기이한 발상을 어떻게 막을 수 있을까? '개별여행'처럼 보이는 패키지관광을 선택하게 할 수는 없을까?

해방의 언어

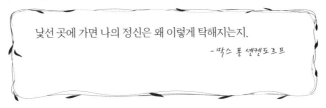

낯선 곳에 가면 나의 정신은 왜 이렇게 탁해지는지.

-막스 폰 셴켄도르프

보험 설계사

목적 _어떤 면에서 보자면 보험설계사는 우리의 동료이다. 그들도 인간들의 두려움을 가지고 장사를 하기 때문이다. 그들은 인간들에게 살아가면서 어떤 나쁜 일이 생길 수 있는지를 잘 알려준다. 사고, 질병, 도둑, 더 이상 일을 할 수 없는 상황, 대형 참사 등. 이러한 예언의 기본바탕 위에서 그들은 완벽하게 안전을 보장해줄 수 있는 비전을 제시한다. 그 비전은 매우 아름답고 견고한 것처럼 보여 인간들은 기꺼이 계약서에 사인을 하고 매달 다시는 손에 넣을 수 없는 돈을 지불한다.

방법 _우리의 관점에서 보자면, 아직 보험은 터무니없이 부족하다. 나는 당신과 브레인스토밍을 해서 보험설계사의 포트폴리오를 더욱 확대시켜줄 수 있는 위험요소를 더욱 많이 찾아내고자 한다. 예를 들어, '교회에 가는 길 보험'은 어떤가? 교회에 가는 길에 어떤 일이 생겨서 인생 전체가 망가지는 일이 생기지 말라는 법이 어디 있는가! 그런 계약을 하지 않더라도 이런 보험은 존재 자체만으로도 충분히 의미가 있다. 예배를 드리러 가는 일에 대해 두려움을 불러일으키기 때문이다. 또는 '하나님의 처벌로부터 보호받는 보험'은 어떤가? 죄를 지었을 때 그에 따르는 결과로부터 보호해주는 것이다. 은행원들과 교회 종사자들이 약 500년 전 이런 비슷한 상품으로 '면죄부'를 발부해 아주 큰 성공을 거두었다. 하지만 과도하게 성실한 한 신부가 등장해 다음과 같이 말함으로써 우리 선조들의 삶은 더욱 힘들어졌다. '이 세상이 악마로 가득 차 있고 그리고 우리를 집어삼키려고 한다 해도, 우리는 두렵지 않으니……'

 위험 _현혹자는 종종 인간들의 두려움을 사라지게 함으로써 우리뿐 아니라 보험설계사들의 일도 힘들게 한다. 진정한 '신앙'을 받아들인 인간은 보험에 저항할 힘을 얻게 되는 것이다. 그 결과 그들은 낙천적이고 위험을 충분히 감내할 준비가 되어 있는 삶의 태도를 취하게 된다.

해방의 언어

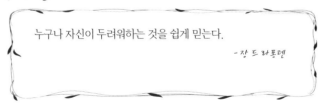

누구나 자신이 두려워하는 것을 쉽게 믿는다.

- 장 드 라퐁텐

마치는 글

당신은 지금까지 열 개의 강좌를 모두 읽었다. 좋은 일을 위해 기꺼이 참여하고자 하는 당신의 열정이 여기까지 이끌어 온 것이다. 당신의 과제를 완수하고 그 증거를 나에게 가져오면 당신에게 기꺼이 기능사 신분을 부여하겠다. 그리고 당신은 더 많은 도전을 기쁘게 받아들일 수 있을 것이다.

하지만 모든 승리의 확신에도 불구하고 항상 조심하라. 당신의 가장 큰 적은 바로 웃음이다. 어떤 인간이 암흑군주를 더 이상 진지하게 받아들이지 않을 뿐 아니라 그를 진심으로 비웃는다면 주의하라. 특이한 수도사였던 마틴 루터는 이런 무례한 현혹자의 교리로 이 세상 전체를 바꿔놓았는데, 그는 유머에 있어서도 소름끼칠 정도였다. 그는 '악마를 이기기 위한 가장 훌륭하고 쉬운 방법은 무시다' 라고 말하면서 '끈질긴 적수에 대해서는 비웃어주고 마음을 터놓고 대화를 할 수 있는 인간을 찾아라.' 라고 말한다.

웃음은 나도 어떻게 방어해야 하는지 알지 못하는 유일한 무기다. 이 점에 있어서 당신과 당신의 상상력도 같기를 바란다. 마지막으로 '최후에 웃는 자가 진정으로 웃는 자다' 라는 말이 우리의 현실이 될 수 있도록 하자.